終末なにしてますか？異伝
リーリァ・アスプレイ

枯野 瑛

角川スニーカー文庫

21650

終末なにしてますか？ 異伝

Do you have what THE END?
Episode:Braves

リーリア・アスプレイ

contents

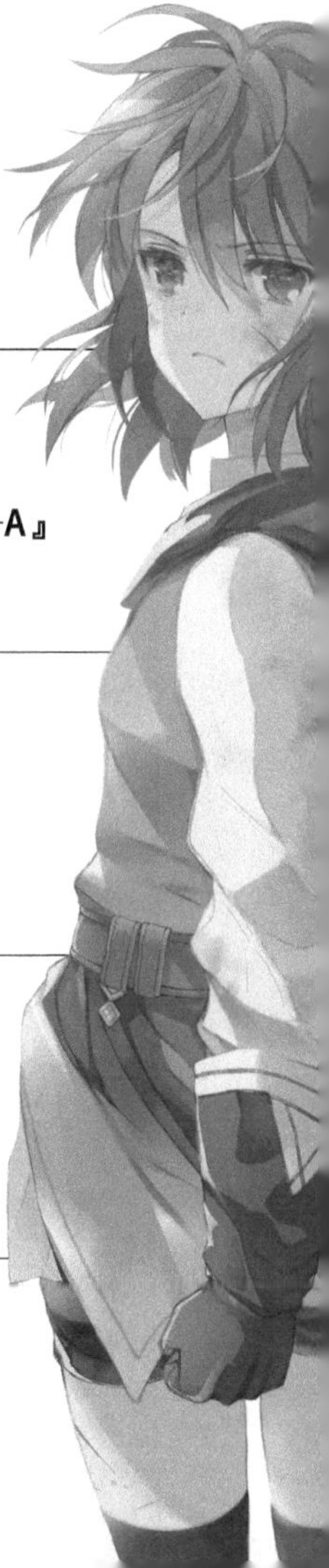

『勇ましき弱者の戦い』
- their inferiority complexes -

それは、俗《ぞく》に卑獣《ヴアルガー》と呼ばれている。

野生動物の中から突然変異《とつぜんへんい》的に生まれてくる、異常種である。親となる動物よりも凶《きょう》暴性《ぼう》と残虐性《ざんぎゃく》が大きく増し、人里のみならず周辺の自然環境《かんきょう》全体に害を及《およ》ぼす。そのため、多くの国家において、優先討伐《とうばつ》目標指定されている。

ちなみに、自然発生する怪物《モンストラス》の中では、かなり危険度が高い部類に入る。冒険者組合《ギルド》にその討伐依頼《いらい》を出したところで、そう簡単には適任者が見つからないほどには。


目の前で確かに、一匹の、熊《くま》の卑獣《ヴアルガー》が死んでいる。その骸《むくろ》に刻まれているのは、いくつかの刀傷と無数の斬撃痕《ざんげきこん》。具体的に言えば、鼻先、喉《のど》、右上腕《じょうわん》、左手首、鳩尾《みぞおち》の五カ所に、それぞれひとつずつの傷が開いている。いずれも一撃ではなく、十度以上、正確に斬撃を重ねることで穿《うが》たれたものだ。

それだけ見れば、この獣《けもの》が死に至った経緯《けいい》が、手にとるようにわかる。誰《だれ》かが一人で、こいつと戦ったのだ。一撃で巨獣を仕留められない非力な戦士が、それでも真正面から立ち向かったのだ。正確に急所だけを狙《ねら》い、敵の力を削《そ》ぐことに徹《てっ》し、効き目の薄《うす》い攻撃《こうげき》をひたすら繰《く》り返した。そして、勝った。

並の腕《うで》ではない。しかし、常識外れというほどの腕でもない。賞賛されるべきは何よりも、常人の域に止《とど》まっているだろう力量しか持たずに、卑獣《ヴァルガー》に立ち向かった胆力《たんりょく》。そして、最後まで立ち向かい続けた精神力。

「――っ!?」

少女は、慌《あわ》てて周囲を見回した。

うそでしょ、と思った。

うそであって、と祈《いの》った。

少女には一人、そういう人間の心当たりがあった。というより、そんな馬鹿《ばか》なことをやりそうな人間が、その一人以外にいるなどとは考えられなかった。

「よ……お」

呻《うめ》くような小さな声。

弾《はじ》かれたように、そちらに顔を向けた。少し離《はな》れた小さな崖《がけ》の下、黒く小さな人影《ひとかげ》がうずくまっているのが見える。

「悪《わり》ぃなリーリァ……お前の獲物《えもの》、先に獲《と》っちまった……」

黒髪《くろかみ》と、艶《つや》を消した黒い革鎧《かわよろい》。十をいくつも超《こ》えていない、つまり少女自身――リーリァともそう年の離れていない、少年。崖に背を預け、右手に血塗《ちまみ》れの細剣《さいけん》を握《にぎ》りしめたまま、荒《あら》い息を繰り返している。

無傷ではない。裂傷《れっしょう》こそ少ないが、大小数えきれない数の打撲傷《だぼくしょう》を負っている。致命の傷はないが、それは運がよかったからだろう。どの傷も、一歩間違《まちが》えれば命を奪《うば》われていたであろう危険なものだったはず。

「……なに、してるの」

尋《たず》ねた。

少年は、ボロボロになった安物の細剣を投げ捨てながら、力なく笑った。

「見りゃわかんだろ」

「わかりたくないから聞いてる」

「……そうだな。実際自分でもよくわかんねぇよ」

卑獣《ヴァルガー》の目撃情報が出てからの、街の人々の対応は的確だった。街の冒険者組合《ギルド》を介《かい》して組合同盟《アライアンス》に戦力を募《つの》り、同時に街の護《まも》りを固めた。そしてすぐに、どんな冒険者《アドベンチャラー》よりも強大な戦力となる一個人が現場に向かうことに決まった。つまり、この卑獣《ヴァルガー》は、放《ほう》っておけばすぐに、ろくな被害《ひがい》も出さずに討伐されていたはずだった。

もうひとつの気配に気づく。

少年の背後。黒い背中に縋《すが》りつくようにして、少年自身よりさらにいくつか小さな男の子が震《ふる》えている。辺りに散らばっているのは、煎《せん》じて飲めば解熱の効用があるとされる薬草。

（――ああ）

納得《なっとく》した。

想像できる。この子の家族の誰かが熱を出したのだろう。薬草の買い置きは尽《つ》きていたし、卑獣《ヴァルガー》が出没《しゅつぼつ》している以上、大人たちの誰も、山に入って採取しようなどとはしなかったのだろう。だからこの子は、一人で勝手にここまでやってきた。そのことに気づいたこの黒い少年が、これまた一人で勝手にそれを追いかけてきた。卑獣《ヴァルガー》は危険で、並の冒険者《アドベンチャラー》では太刀《たち》打ちできなくて、専門家が退治するまでその棲息圏《せいそくけん》に近寄るべきではなくて。――そういう大人の理屈《りくつ》を受け入れられなかった子供たちが、無茶《むちゃ》をした。

もちろんそれは、現状を見ただけの情報をもとにした、想像でしかない。けれどかなりの精度で事実と合致《がっち》するだろうと確信できる。なにせこいつは、そういうやつなのだ。いつだって、どこにいたって、変わらずに。

「あんた……」

「わかってるって。なんで正規勇者《リーガル・ブレイブ》サマの到着《とうちゃく》を待たなかった、って言いたいんだろ」

言って、少年は身をひねり――一瞬《いっしゅん》だけ激痛に顔をひきつらせて――男の子の頭に手を乗せた。そのままくしゃりと髪をかき回す。

「返す言葉がねぇよ。一人で先走って戦って、あげくがこのザマだ。……あー、っくしょう、なんでこんな弱《よえ》ぇんだろうな、俺ぁ」

体裁《ていさい》だけを言うならば、身勝手な私闘《しとう》。正規勇者《リーガル・ブレイブ》を派遣《はけん》した教会の顔を潰《つぶ》す行為《こうい》だし、功を横取りしようとして勝手にズタボロになっただけと言われても反論できないし。つまりは彼自身の言う通り、愚《おろ》かな戦いではあった、けれど。

——ああ。まったく、本当に、こいつときた日には。

リーリァの頰《ほお》が、小さく笑《え》みの形にひきつる。

相変わらず、何もわかっていないのだ。

自分が何をしたのか。何をやり遂《と》げたのか。

いくら「大陸最強級の強大な戦力」こと正規勇者《リーガル・ブレイブ》であっても、手の届かないところまでは守れない。最終的な街への被害を抑《おさ》えるという、巨視的に最も大事な目的を達成することはできても、もっと小さなものは簡単に取りこぼしてしまう。つまり、こいつが戦わなかったら、この小さな男の子は、間違いなく死んでいただろう。

つまり。結果だけを言うならば。

正規勇者《リーガル・ブレイブ》には守れなかったものを、確かに、こいつは守ったのだ。

敬意とか。嫉妬《しっと》とか。……ほんの小さな好意とか。

湧《わ》き上がってきたそんな気持ちを、全部まとめて、そっと心の小箱に封《ふう》じ込める。

表情を作る。

いつもの顔。この少年の妹弟子《でし》、意地悪で生意気で高慢《こうまん》な少女、今代の正規勇者《リーガル・ブレイブ》リーリア・アスプレイとしての、小憎《こにく》らしい顔を。

「あんたは、あんたの手の届くところを守ってればいいの。届かないところは、あたしがやってあげるからさ」

「……納得できっかよ」

憮然《ぶぜん》とした声。

「……あんたって、やっぱりさ」

「ん？」

「生きるの、へたくそだよね」

ぐ、と苦し気に息を呑《の》んで、少年は押し黙《だま》る。

その顔を見て、リーリァは小さく笑った。

『太陽の輝くこの世界で』
- beautiful world -

1. 二十代正規勇者《リーガル・ブレイブ》と世界規模の危機

この世界において、人間という種は、あまりにか弱い。

大地に住まう生物のほとんどと敵対しており、それにも拘《かか》わらず、戦う力に乏《とぼ》しい。平均的な人間が武器を握ったところで、野狼《やろう》の一匹《いっぴき》にすら敵《かな》わない。人数や統率《とうそつ》によって得られる力は、豚面種《オーク》などの種に遠く及《およ》ばない。知恵《ちえ》だの技術だの神秘だの、どの尺度において比べても、到底届かない敵が必ず存在している。

それでも人間は、事実としていまこの大地の大半を支配している。

理由はいくつもあるが、そのひとつが、「勇者《ブレイブ》」と呼ばれる機構《システム》だ。


勇者《ブレイブ》。言葉のもともとの定義を雑に言ってしまえば、それは、勇気《ブレイバリー》を示した者のこと、である。つまり、普通《ふつう》の者は尻込《しりご》みするような偉業《いぎょう》を成したり、あるいは成そうとする姿勢を見せた人々。

大軍へと立ち向かおうとしている将軍だとか。愚王《ぐおう》を討《う》ち取ろうとしている刺客《しかく》だとか。荒《あ》れた冬の海に漕《こ》ぎ出そうとしている船乗りだとか。人食いの大熊《おおぐま》とともに暮らす森人だとか。どう考えても不釣《ふつ》り合いな美女に求婚《きゅうこん》しようとする冴《さ》えない男だとか。そういう連中。

しかしここで言う勇者《ブレイブ》は、少々意味合いが違う。

正規勇者《リーガル・ブレイブ》と、準勇者《クアシ・ブレイブ》。それらは、讃光《さんこう》教会が承認《しょうにん》する聖人の一種である。人類を守護する使命を帯び、人類を害する者たちと戦う宿命を背負って、人智《じんち》を超えた力を振《ふ》るう超人《ちょうじん》。人の身ながらその戦力は絶大で、特に正規勇者《リーガル・ブレイブ》に任じられるような者たちは、相手が竜種《ドラゴン》だろうが古霊種《エルフ》だろうが構わず薙《な》ぎ倒《たお》してしまう。

圧倒的《あっとうてき》な脅威《きょうい》に抗《こう》するための、圧倒的な希望。

非力な一般《いっぱん》人には縁《えん》のない、雲上の戦いの出演者。

それは、秘伝の継承《けいしょう》者とか失われた国の落胤《らくいん》だとか、いかにも英雄《えいゆう》物語の主人公然とした連中から選ばれる。いかにも強そうだ、いかにも正義のために戦って勝ちそうだ、そういう（物語としての）説得力を備えている者たちだ。そして彼らは実際に、強大な敵を倒し人々を守り、いかにも英雄物語然とした活躍《かつやく》を繰《く》り広げるのだ。

†

フィスティラス山脈南東部。人の足には厳しい峻険《しゅんけん》な岩山をひたすら進んだ先に、小規模な都市にも匹敵《ひってき》する敷地《しきち》を持つ、古い廃神殿《はいしんでん》がある。

「ごめんね昔のひとたち、ならびに古い神様！」

謝罪の言葉を放ちつつ、少女は巨大《きょだい》な神像の顔面を蹴《け》り、高く跳躍《ちょうやく》する。風化し朽《く》ちかけていた神像の首から上、大の男の一抱《ひとかか》え以上の大きさのあった石塊《せっかい》が、衝撃《しょうげき》に耐《た》えきれず無数の小石へと砕《くだ》けて散らばる。

何度か壁《かべ》を蹴り高度と速度を修正、大蝙蝠《おおこうもり》の一匹の首を刈《か》りつつその背を踏《ふ》みつけてさらに飛翔《ひしょう》、天井《てんじょう》に着地した後、次の獲物《えもの》に狙《ねら》いを定めて改めて跳躍する。

血流のごとく全身を巡《めぐ》り、筋力を賦活《ふかつ》する魔力《ヴエネノム》。自身の体重を限りなく無へとごまかす、地錬《ちれん》系体術。それぞれ単体でも、人類の限界を一歩踏み越《こ》えたところまで至らないと扱《あつか》えない技《わざ》だ。そんな豪勢《ごうせい》なしろものをさらにふたつ掛《か》け合わせれば、こういう、重力をほぼ無視したような機動も可能になる。

人の手には届かないような怪物《モンストラス》を相手どって戦うことも、できる。

（――とはいえ、数が多いと、さすがにしんどいかなあ）

剣《けん》という武器は、それでもやはり、剣でしかないのだ。

防御《ぼうぎょ》を許さない速度と技量がある。一撃で敵を仕留める威力《いりょく》と精度がある。しかしそれでも、一度の攻撃《こうげき》では、ひとつの敵を倒すことしかできない。百を超える数の大蝙蝠の群れを殲滅《せんめつ》するには、やはり、百を超える数の斬撃《ざんげき》が必要になる。

二十秒近くかかった。

成人を簡単に捕食《ほしょく》できそうなサイズの大蝙蝠と、牛か何かと見間違《みまちが》えそうになるサイズの狼《おおかみ》と、それらよりは一見して脅威度が低そうに見えるがやっぱり何かがおかしい大型犬サイズの鼠《ねずみ》の群れ。いずれも並の怪物《モンストラス》ではない。この中の一種だけでも人里の近くに出現していれば、並の冒険者《アドベンチャラー》では抗しきれず、かなりの被害《ひがい》が出ていたはずだ。

それら全《すべ》てを斬《き》り散らし、音もなく、砕けた石造りの回廊《かいろう》へと降り立つ。

どういう理屈《りくつ》か、この蝙蝠やら狼やらは、骸《むくろ》を残さないタイプの怪物《モンストラス》であるらしい。斬られたそれは、水に落とした角砂糖のように、どろりと形を失うとそのまま溶《と》けて消えてゆく。

「馬鹿《ばか》……な……」

呆然《ぼうぜん》とした驚愕《きょうがく》の声を、聴《き》く。

そちらに目をやれば、声の主の姿が見える。やや古臭《ふるくさ》い、貴族然とした装束《しょうぞく》。初老の域に踏み込みながら、端整《たんせい》と言っていいだろう顔立ち。そして、それらの印象を全て上書きしてしまうほど印象的な、充血《じゅうけつ》しきった緋色《ひいろ》の眼球。

人間、ではない。

吸血鬼《ヴァンピリック》。

人間の中から生まれてくる怪物、俗《ぞく》に鬼種《オグル》と呼ばれるカテゴリの中でも、ずば抜《ぬ》けて危険度が高いとされている化け物だ。

魂魄《こんぱく》を直接汚染《おせん》して同種を殖《ふ》やすとか、自身の影《かげ》を切り刻んで無数の害獣《がいじゅう》に変えるとか、その恐《おそ》ろしさについて語る伝承は数多い。そして何より恐ろしいのは、それらの真偽《しんぎ》を確認できるほどの討伐《とうばつ》記録がなく、正確な脅威の程《ほど》が知られていないこと。

「有り得ん。有り得ん有り得ん有り得ん！　そんなことは、有り得てはならない！」

指をすべて自分のこめかみに突《つ》き立て、血が出そうな勢いで搔《か》きむしっている。

「貴様は、いま自分が斬り散らしたモノが何か、理解しているのか⁉」

「……とか言われてもなぁ」

リーリァは軽く答えつつ、空を斬るように、手の中の大剣を振るった。ぶおう、という大きな音とともに、刀身にまとわりついていた黒い雫《しずく》のようなものが、血のようにあたりに飛び散る。

「なんか、触《さわ》ったら病気になりそうな化け物？」

「そうだ！」

うんざりした顔で適当に答えたら、まさかの正解を頂いた。少し驚《おどろ》く。

「それは病魔だ。害獣の姿を象《かたど》らせてはいても、本質は違う。触《ふ》れればもちろん、その肉に刃《やいば》を喰《く》い込ませただけで、呪詛《じゅそ》が体を蝕《むしば》む。皮を腐《くさ》らせ肉を萎《しな》びさせ、臓腑《ぞうふ》を腐汁《ふじゅう》へと変えて人を殺す！」

「うわ、やだなそれ」

汚《きたな》いものを払《はら》うように、小さく手を振ってみせる。もちろんそれで何を振り落とせるというわけでもなく、ただ吸血鬼《ヴァンピリック》を挑発《ちょうはつ》するだけにしかならない。

「それを！　これだけの数の病魔を散らして！　その呪詛すべてにその身を晒《さら》して！」

節くれだった指が、震《ふる》えながらもまっすぐに、リーリァをさす。

「なぜ平然と生きていられるのだ、人間の子供よ！」

「……別に『平然と』じゃないんだけどね。さすがにちょっと疲《つか》れてるし、頭も重いし。それに、剣《こいつ》のほうもだいぶ汚《けが》されたみたいだし」

言いながら、リーリァは視線を、自分の手にある大剣の刀身へと向ける。本来ならば青白い金属の光沢《こうたく》を放っているはずのそれが、油か泥《どろ》に塗《まみ》れたように、斑《むら》のある黄褐色《おうかっしょく》に染まっている。

「それが、有り得んのだ！　これは人の国を墜《お》とすため、万の数を鏖殺《おうさつ》するための病魔だ！　その全てをひとつの身に浴びて、なぜ生きていられると……」

　国を墜とす。

　それはまた、大した災害だ。そんな災害を従えられるというなら、吸血鬼《ヴァンピリック》が、もっとも恐ろしい部類の鬼種《オグル》と呼ばれているのも納得《なっとく》できる。

　納得はできるのだけど、それはそれとして。

「そりゃ、人の国を墜とすため程度の病魔だからじゃないの？」

「……何、を？」

「人類全てを守護するための存在を力勝負だけで潰したいなら、人類全てを潰し切るだけの病魔を持ってこないと足りないって話」

　吸血鬼《ヴァンピリック》が目を剝《む》く。

「その、ような……出鱈目《でたらめ》な理屈が……」

「ん、よく言われる」

　素直《すなお》に首肯《しゅこう》。

　嘘《うそ》でも何でもない。デタラメ扱いされることには慣れているし、実際、自分自身でもこれはどうなのかなあと思うことはよくあるのだ。

　しかし、誰《だれ》がどう思おうと、現実は現実であり、正規勇者《リーガル・ブレイブ》は正規勇者《リーガル・ブレイブ》である。

「そのような理不尽《りふじん》が、認められるものか！」

振り絞《しぼ》るような叫《さけ》びとともに、吸血鬼《ヴァンピリック》が突撃《とつげき》してきた。

「そうだろうね――」

理解を示すことはできる。けれど、同調や同情を示すことはできない。当の理不尽の側にいる自分には、そんな権利はない。できることは、ただひとつ。

「――だから、あんたは、ここまでなんだ」

大剣を。

病魔の腐汁に汚されながら、なお青白くかすかな光を放つ剣を、正面から、吸血鬼《ヴァンピリック》の胸部に突き立てた。

こふ、と大きな血の塊《かたまり》が吐《は》き出される。

「ア……ア……」

「受け入れがたい理不尽なのは、人間にとってのあんたたちも一緒《いっしょ》だ。お互《たが》い様なんだから、恨《うら》みっこはナシってことで、お願いね」

そんな軽口も、もう、聞こえてはいないだろう。

大剣の刀身に、幾筋《いくすじ》もの、細い罅《ひび》が入る。罅からわずかな光があふれだす。

吸血鬼《ヴァンピリック》は、限りなく不死に近い鬼《オグル》であると言われている。どんなに重い傷を負わされても、すぐに復元する。それも、最も恐ろしい部類の怪物《モンストラス》とされている所以《ゆえん》のひとつであろう、が。

「ア……」

「極位古聖剣がひとつ、セニオリス。正しい使い手の振るうその刃に貫《つらぬ》かれれば、何者であっても、強制的に『死者』へと変えられる」

最期《さいご》には、うめき声のひとつもなく。

苦し気に目を見開き、乱杭歯《らんぐいば》をむき出したまま。吸血鬼《ヴァンピリック》は沈黙《ちんもく》した。

（――ふう）

剣を抜く。骸が、廃神殿の床《ゆか》に倒れる。

生きて動く者は、もうここには、リーリァ一人しか残されていない。当のリーリァが沈黙してしまえば、ただ重い沈黙が広がるばかりだ。

帰ろう。

踵《きびす》を返す。足音をたてながら、歩き出す。

数歩を進んだところで、一度足を止めて、振り返る。

たったいま自分が『死』なせた骸が転がっている。その瞳《ひとみ》が、どこでもなく何もない虚《こ》空《くう》を、意味もなく見据《みす》えているのも見る。

これは、人間にとっての理不尽だったもの。

そして自分は、その理不尽にとっての理不尽となった者。

——なるほど、我等《われら》のような鬼種《オグル》でこそないかもしれぬが。

骸の唇《くちびる》は動いていない。

リーリァが足を止めていることによる静寂《せいじゃく》は、今もまったく変わらず、辺りに重苦しく立ち込めている。だからこれは幻聴《げんちょう》だ。リーリァの心の中だけに響《ひび》く声だ。

——正規勇者《リーガル・ブレイブ》よ。貴様も、もはや、人と呼べるモノではないのだな。

「ふん」

しょせん幻聴であるならば、相手をしてやる義理もない。

鼻で笑って、改めて、爪先《つまさき》を出口へと向ける。

（つと？）

眩暈《めまい》。

視界が、わずかにぐらつく。

目を閉じ、息を整えて、自分の体に調子を尋《たず》ねてみる。いつもよりほんのちょっとばかり体が重くて、少々熱っぽいような気がする。

†

さて、三日後、帝都《ていと》に戻《もど》ってのことである。

「阿呆《あほう》か」

やたらと体格の良い初老の男が、無精髭《ぶしょうひげ》の向こうの唇で、呆《あき》れの形を作った。

「傾国《けいこく》規模の腐病毒呪を、ご丁寧《ていねい》にも真正面から、全部浴びましたってか？」

「や、ししょーはそう言うだろうけど、ありゃ仕方なかったんだって」

リーリァは両手をひらひらさせて、師匠《ししょー》であるその男に弁解する。

「あたしが引き受けてなかったら普通《ふつう》にあの辺りを汚染してたろうし、下手《へた》したら近くの人里、まるっと滅《ほろ》びてただろうし」

「自分自身の身の危険と、四万七千六百五十三人の人間の命。考えた末に後者をとるならとるで構わねぇがな、しょーがなかったで片付ける前に、せめて秤《はかり》にかけろ。その場のノリで自己犠牲《ぎせい》して許されるほど、安い身の上でもないだろうが」

妙《みよう》に細かい数字を出された。たぶん、リーリァの内側に蟠《わだかま》る呪《のろ》いの総量を正確に見抜《みぬ》いて、それがどれだけの人間を殺せる量なのかの推定値をわざわざ計算したのだろう。

人間業《にんげんわざ》とは思えないが、まあ、この師匠《ししよー》が人間離《ばな》れしているのは昔からのことだし、今さら驚くにはあたらない。

「……人を、見捨てろってこと？　その、四万何千人かの」

「その選択肢《せんたくし》も忘れんなってことだ。最終的にどういう行動に出るにせよ、自分で選択しての行動と、道徳規範《きはん》にやらされてるだけの行動は全くの別モンだぞ」

「んあー、わかるような、わからないような」

「聞き分けがいいだけのガキにゃなるなって話だ」

「それは……まあ、わからなくも、ないけど」

聞き分けのいい子供である、ということには自覚がある。大人にとって都合がよく、かつ便利に使えるタイプのそれだと。

自分自身では、それでもまあいいじゃんと思っている。どうせ世の中は公平などではないのだから、自分がここにいることで誰かが得できているなら、それはもうその時点で有意義な人生と言ってしまっていいのではないかなどと。

しかし、そういうリーリァを良しとしない――心配してくれている人たちがいるということは、ちゃんとわかっている。そして困ったことに、そのことを喜ばしく思ってすらいる自分もいるのだ。

気まずいというか、照れ臭《くさ》いというか。

そんな気持ちを持て余して、意味もなく指先で頰《ほお》を掻《か》く。

「――お前の中に注がれた分の呪詛は、そのままお前ん中に溜《た》まったままだ。が、まぁ、大した問題にゃならんだろうし、ほっときゃ自然に浄化《じょうか》されるだろう。問題は」

「うん」

二人そろって、壁《かべ》に立てかけられた、汚れたままの大剣《たいけん》に視線をやる。

セニオリス。

聖剣《カリヨン》と呼ばれるカテゴリに属する武器――その中でも最古にして最高にして最強の一振《ひとふ》り――である。

聖なる剣、という名は、ただのハッタリのようなものだ。神聖な力を帯びているだとか神の祝福を受けているだとか、それらしい背景は一切《いっさい》ない。世間的に言う聖剣《カリヨン》はどれも、誰かの手と技術によって造り上げられる、純粋《じゅんすい》な工芸品の一種である。

大小さまざまな金属製の護符《タリスマン》を特殊《とくしゅ》な呪力線《じゅりょくせん》でつなぎ合わせ、組み上げることで生まれる、特殊な大剣。

なにせ特殊なしろものなのだから、修復や調整も、そこらの町工場でちょちょいと済ませるというようなことができない。格の低い量産型の聖剣《カリヨン》であっても、専門の設備と技術者が揃《そろ》っていなければ調整できない。ましてその頂点、五振りの極位古聖剣のひとつが不調となれば、その頂点にふさわしい技術者でなければ手も出せない道理だ。

「帝都の工房《こうぼう》で、どうにかなりそうだったか？」

「んや。『脊髄《せきずい》回路周りの呪力線を全部並行して解《ほぐ》さないとバランスが崩《くず》れる、こんなのうちの技術者じゃ手が出せない』って、泣かれた」

「まぁ、連中ならそう言うか。教会のハゲどもは何つってた？」

「聖剣《カリヨン》としての機能そのものは健在だからほっといていいだろうって。核《かく》になってる水《すい》晶《しょう》が死んでないからそのうち自然浄化するかもしれないし、とか」

「……まぁ、連中ならそう言うか」

ししょーは深い深いため息を吐《つ》いて、

「とはいえ、本当にほっとくわけにもいかねぇよな」

手帳を取り出し、白紙を何枚か破り取る。ペン先をインクに浸《ひた》し、軽く書きつけて、

「関係各所に持ってけ。多少の無茶《むちゃ》は通さにゃならんだろうが、まぁ、俺の名前を出せば

なんとかなるはずだ」

「何これ」

「紹介状《しょうかい》と、処方箋《しょほうせん》だ」

頭痛をこらえるような渋《しぶ》い顔で、ししょーは紙切れを寄越《よこ》してくる。

「お前の体の事情はどうしようもねぇが、セニオリスを直せそうなやつには、心当たりがある。正規勇者《リーガル・ブレイブ》の仕事はいったん棚上《たなあ》げして、そいつんところまで行ってこい」

2. アデライード・アステリッド

ステンドグラスが好きだ。

ひとつひとつのパーツを見れば、なんということもない硝子片《ガラスへん》なのだ。単色に染められ、様々な形に砕《くだ》かれているというだけの。しかし、数を集めて鉛《なまり》で繋《つな》ぐことで、その性質は大きく変わる。ただきらきらしていただけの破片が、大きな絵の一部として、別の意味と役割を抱《いだ》くようになる。

その在り方を、その関係性を、その枠組《わくぐ》みを。それらすべてを、美しいと思う。

それが、アデライード・アステリッドが持つ美意識の、根幹である。

†

うすぼんやりと、目を覚ます。

「……んがぁ」

身を起こす——のも面倒《めんどう》だったので、横になったままで、のびをひとつ。シーツにくるまったままで横に身をよじり、ベッドから転げ落ちた。

どすん、いかにも重そうな音と衝撃《しょうげき》。

「そんなに重くないやい……」

床に対して意味のない愚痴《ぐち》を投げてから、半身を起こす。床の上にぺたりと腰《こし》を落としたままで、辺りを見回す。もちろん、そこにあるのは、見慣れた自分の部屋の光景だ。本棚から溢《あふ》れて床に積まれた大量の書籍《しょせき》、それらの隙間《すきま》を埋《う》め尽《つ》くすような無数の海藻《かいそう》紙の書きつけ、それらの奥に隠《かく》れるように大型のクローゼットが二棹《ふたさお》。あとは、所かまわずに散らばった、鈍《にぶ》い輝《かがや》きを放つ金属片たち。

窓の向こう、閉まったままの雨戸の隙間から、陽光が漏《も》れ入ってくる。

それは、まごうことなき、朝の証《あかし》。

「うー……」

動かないといけない。芋虫《いもむし》のように動き出す。寝坊《ねぼう》をしている余裕《よゆう》はない。壁のコルクボードには、今日の予定が山のように貼《は》り付けられている。

熱いシャワーで目を覚まして、髪《かみ》を整えて、お気に入りのピンが見つからなくてちょっと探して、服装にちょっと悩《なや》んで、手袋《てぶくろ》に——赤い絹に金糸の縫《ぬ》い取りを施《ほどこ》した特注のそれに、手を通す。

鏡の前で、くるりと回ってから、にっこりと表情を決める。

鏡の向こうで、見慣れた少女の顔が笑っている。

年は十七。世間一般《いっぱん》には、まだまだ少女と呼ばれる年頃《としごろ》だ。

透《す》き通るような金の髪、蒼《あお》く透き通った双瞳《そうとう》、磨《みが》いたような白い肌《はだ》と、それなりに整った顔立ち。様々な民族の者の入り混じるバゼルフィドルの中にあってはそれなりに珍《めずら》しい、帝国貴族めいた容姿。だから着る服も、やはり帝国貴族のご令嬢《れいじょう》たちが好みそうな、派手なものを選んでいる。

そうすることが最も人の目を惹《ひ》ける道筋だと、アデライードは心得ている。

「よし」

服装に乱れはなし。笑顔《えがお》もいい感じ。髪の色にも——くるくると指先で弄《もてあそ》びながら確認する——今のところ違和感《いわかん》なし。
今日の自分も、この国という戦場で、ちゃんと戦える。

「おっはよー」

軽く手を振りながら、アステリッド工房の経営事務所へと駆《か》け込んだ。

「ティリさん今日も美人だねリュカ君寝《ね》ぐせついてるよサラちゃん昨日貸してくれた本もうちょっと待ってスノさん例の件の報告待ってるからねバイズメイさん昨日はグッジョブでした先方からいい返事来てましたよ、えっとそれから……」

ぱたぱたと部屋を横切りながら、その場にいた全員に一声ずつかけてゆく。

「ボスゥ、三番工房の星屑粉《ほしくず》の仕入れが止まってるみたいですが」

「また？　当座は二番の予備を回して。それと別に、仕入れ業者のお金の流れを調べといて。うちへの納入の分、よそに流されてたら最悪だから」

「今年のウミへビ祭り、自警団が逃《に》げそうなんですけど」

「今回は外から援軍《えんぐん》呼ぶから、それ伝えて引き留めて」

「古網《ふるあみ》区画の福祉《ふくし》の件、税金対策にしても寄付額が大きすぎるって経理が」

「宣伝効果狙いなんだから半端やるよりドカンといくべき、って言っといて」

「いや、それならもっと目立つ寄付先が別にあるだろうって」

「んーまあ、そこは言いっこなしで。地域の役には立ててるわけだし！」

そうやって辿《たど》り着いた最高責任者のデスクには、今日もきっちり、未済書類が山と積まれている。

「……うわあい今日も盛況《せいきょう》だ」

髪の先を指先でくるくるしながら、うめく。

「おはようございます、ボス」

淡々《たんたん》とした声とともに、中年男が近づいてくる。

「その仕事は一通り、昼までに片付けてください。それと別に、お耳に入れておかなければならない件が二つほど」

「えー、今日は久しぶりに、作業場で試《ため》したい図面あるんだけど。それ全部キャンセルとかできないの、ヨーズア叔父《おじ》さん？」

「事務所で叔父さんはやめろと言っているだろう、アデライード」

ヨーズアと呼ばれた中年男は小さく嘆息《たんそく》すると、柔和《にゅうわ》に苦笑《くしょう》する。

「ここでの私は副《アンダー》ボスだ。ここでのお前がボスであるようにな」

「うー。パパもとんでもないもん遺《のこ》してくれちゃったなあ」

力が抜けて、だらしなく机に顔を突《つ》っ伏《ぷ》しそうになる。

「お前の才能なら、問題なく継《つ》いでくれると信じていたからだろう。そして事実、お前はよくやっている。兄貴の判断は間違《まちが》っていなかったさ」

優《やさ》しく言って、目をわずかに細める。

「…………」

アデライードはその目を、そしてその奥のかすかな光を、横目で見る。

「……ま、うん、愚痴っててもしょうがないよね。それで、口頭の報告って？」

「セス家の三男坊《ぼう》からの会食の誘《さそ》いと、大陸からのお客様です」

口調を副《アンダー》ボスのそれに改めて、ヨーズアが静かに告げる。

「あー、セス家の……」小太りの小男の顔を思い出し、うんざりした顔になる「……ウミヘビ祭りの人材派遣《はけん》についてはは話ついてるよね。また派手に家庭内ドンパチやるから味方してくれって話？」

「いえ、『笑い猫《ねこ》』の案件についての確認《かくにん》だそうです。互《たが》いの捜査《そうさ》状況を共有してことに当たりたいと」

心臓が跳《は》ねた。

「あの話かあ……」

動揺《どうよう》を表に出さないように、装《よそお》えたと思う。

この『笑い猫』という符丁《ふちょう》は、この界隈《かいわい》の区域でゆるやかに繰《く》り返されている、連続失踪《しっそう》事件を指して使われる。死体が出ていないため殺害事件としては扱《あつか》われず、脅迫《きょうはく》のひとつもないうえ利害のつながりにも共通点がないため誘拐《ゆうかい》事件としても扱いづらい。

そもそもこの界隈は、もともと治安が良いとはいえない。ひとが姿を消す程度のことならば、ありふれているとは言わないまでも、とりたてて騒《さわ》ぐほど珍しいわけではない。たまたま似たようなことが続いただけだろうと、言ってしまえばそれだけだ。だから、バゼルフィドル各区域の統治者たちは、この案件を大して重要視していない——あるいは少なくとも、そのように装っている。

「何か手がかりになりそうなもの、見つかったの？」

「いえ、これといっては。事情はセス家も同様のはずですが、それを口実にして、ボスを口説く心算《つもり》でしょう」

「あー、やっぱり？　前回ので奥さんにさんざん絞《しぼ》られただろうに、懲《こ》りないなぁもう」

「また突き放しますか。あれでも、財力と権力はある男ですが」

「それだけだし。せめて、顔と頭と性格と体格と体力と分別と人徳と人望と将来性と常識が最低限あれば、考えるふりくらいはしてあげたんだけどねー」

「妥当《だとう》な判断かと」

「でしょー」

ぼんやりと答える。

アデライードは若い女で、自ら言うのもアレだが、顔も悪くない。となれば、どうしようもなく、そういう輩《やから》は出てくるものだ。

そのことは受け入れているし、精一杯《せいいっぱい》利用してやろうと開き直ってはいる。が、変に気をもたせるようなことをして後で恨《うら》まれても面倒だし、厄介《やっかい》な問題だなとも思っている。

この国は、建国時の事情により、いろいろな意味で足場が不安定だ。そのせいで、それぞれに違う長《おさ》を掲《かか》げた幾《いく》つもの勢力が、表に裏に、勢力争いを延々と続けている。乱闘《らんとう》や抗争《こうそう》は日常茶飯事《さはんじ》。毎日のように人が傷つき、人が死ぬ。そんな中で生きて行こうと思うなら、群れて強くなるか、強い群れに入るしかない。たとえそうやってできた群れこそが、次の争いの原因であっても。

そして、アデライードを現在の長と掲げるこのアステリッド家は、縄張《なわば》りの広さも構成員の数も単純な戦力も乏《とぼ》しいながら、その勢力の中のひとつに数えられている。つまり、いつ周囲の組織に潰《つぶ》され消えてしまうかわからない状況で、ギリギリの毎日を生きている。

味方は作りたいし、敵は作りたくない。

（――ほんと、パパもとんでもないもん遺してくれちゃったな）

言葉にせず、もう一度だけ弱音を心中で呟《つぶや》いて。

「んで。その次に会うっていう、大陸からのお客様ってのは？」

「正規勇者《リーガル・ブレイブ》リーリァ・アスプレイ」

「……え？」

「話には聞いていますよ。以前に帝都《ていと》に招かれた際、パーティの場で、ボスと派手に揉《も》めていたらしいですね？」

「いやぁ、揉めたってほどじゃ」

「その正規勇者《リーガル・ブレイブ》が、当家の技術を見込んで、内密の依頼《いらい》があると」

うわあ、とアデライードは顔を覆《おお》う。仕事というのは、できるだけ、私情を絡《から》めずにやるべきことである。なのに世の中には、どうしても私情を抑《おさ》えきれなくなる相手というのもいるのである。

断言してもいい、その依頼を受ければ、いや話を聞くだけでも、いやいやその前に顔を合わせるだけでも、ろくなことにはならないだろうと。

「よりによって、あの赤猪《あかいのしし》かぁ」

「週が明けるころには、船が港に着くはずです」

「……その前に沈《しず》めらんないかな、その船？」

「こら」

叔父としての口調で、ヨーズアがたしなめてくる。

「そういうことは、思っても言うんじゃないぞ」

「あ、うん、そうだね。沈めても、あいつ一人で生き残るとか平気でやりそうだし、他《ほか》のひとたちに迷惑《めいわく》かけるだけだよね」

「そういうことも、思っても言うんじゃないぞ」

頭痛を堪《こら》えるような顔で、ヨーズアが繰り返す。

「うちの家は、バゼルフィドルの他の勢力に比べ、後ろ盾《だて》が弱い。今はこの依頼を通して、神聖帝国や讃光《さんこう》教会との繋《つな》がりを強化しておくべきだ。わかるだろう？」

「……わかるけどぉ」

唇《くちびる》を尖《とが》らせて、

「あー。作業場いきたい、護符《タリスマン》いじりたい新製品開発したーい」

「今日のところは諦《あきら》めてください」

再び副《アンダー》ボスとしての口調に改め、ヨーズアはしれっと言う。

「いつまで諦め続けてればいいのか」

「バゼルフィドルに平和が訪《おとず》れるまで、でしょうか」

「あはは」乾《かわ》いた笑いが漏れる「叔父さん、そのジョーク面白《おもしろ》い」

「そうでしょう。ではひと笑いしたところで、今日のお仕事です」

「ああもーっ！」

叫《さけ》んでも嘆《なげ》いても、目前の現実は変わらない。

ならば、とりあえずやることはひとつ。一度両手で自分の頬《ほお》を張ってから、アデライードは山積みになった書類の束に挑《いど》みかかった。

†

世界には、色々な人がいる。

一人一人を見れば、大したことのない凡人《ぼんじん》であることも多い。できることは少なく、考えることだって凡庸《ぼんよう》で。

それはそれだけでも、素晴《すば》らしいものであることには違いない。けれど数を集めて集団を作ることで、さらに違う性質が生まれてくる。個々ですらきらきらと輝《かがや》いていたはずの人生が、大きな絵の一部としての、別の意味と役割を抱《いだ》くようになる。

その在り方を、その関係性を、その枠組《わくぐ》みを。それらすべてを、美しいと思う。

アデライード・アステリッドは、そんな風に考えている。だから。

個として輝かなければならない者を。

個としてしか輝けない者を、ただ——寂《さび》しく思うのだ。

「リーリァ・アスプレイ、か」

ぽつり、何の感情も込めずに、その名を呟いてみる。

「きっと何も変わってないんだろうな、あの子は……」

3. 異国の港

風がねばついていて、塩辛《しおから》い。

海面が陽光を照り返し、きらきらと白く輝いている。

「おおおー」

リーリァは目を輝かせた。

舷側《げんそく》から乗り出さん勢いで、ただただ、広がる大海原《おおうなばら》を見入っている。

勇者たる者は、どこの国家にも属さず、人類全《すべ》てのために戦う、と、少なくとも表向きは、そういうことになっている。表向きはというくらいだから、実情は少し違う——後ろ盾である讃光《さんこう》教会の勢力圏《けん》が帝国領内に偏《かたよ》っているため、正規勇者《リーガル・ブレイブ》の戦場もまた帝国領内に偏りがちだ。

そして、帝国に、こういう海はない。

そもそも、帝国の外に出ること自体が久しぶりだ。その久しぶりの遠出の中で、帝国では見られないような景色を堪能《たんのう》できている。気分も高揚《こうよう》するというものだ。

「うっわー。世界って本当に広かったんだなー」

「はしゃぎすぎて、落ちたりしないでくださいね」

すぐ真横から。淡々《たんたん》とした声で、水を差された。

「落ちるわけないでしょ。……小さな子供じゃないんだからさ」

「十三歳は、世間一般《いっぱん》の常識に照らし合わせて、まだ小さな子供です」

「そうかな。南のほうだと、十で成人したと見なす民族もけっこういるって聞くけど」

「少なくとも帝国法では、成人年齢《ねんれい》は十ではありません。そもそも子供扱いが嫌《いや》なら、子供じみた屁理屈《へりくつ》を並べるべきではないでしょう」

正論である。ぐうの音も出やしない。

「だいたい、呪《のろ》いだかなんだかで、本調子の体ではないんでしょう？　私が医者なら、潮風を避《さ》けることを勧《すす》めているところです」

「あーはいはい。しょうがないな、もう」

口先を尖らせつつ、舷側を離《はな》れる。

「てか大体さ。シリルさんだっけ、あんたどこまでついてくるつもり？」

抗議の意思を込めて、ちろりと視線を、傍《かたわ》らに向ける。

そこに立っているのは——つまり先ほどからの会話の相手は——どうにも印象に残りづらい風貌《ふうぼう》の、地味な女だ。年は二十一と聞いた。色気のない帽子《ぼうし》、度の強い眼鏡《めがね》、鼻の周りに軽く散らばるそばかす。そして、いかにもひねくれて世間を見ていますと言わんばかりの、目つきの悪さ。

シリル・ライトナー。

帝都賢人塔《けんじんとう》の紫飾二等《ししょくにとう》——というのがどういう立場なのかをリーリァはよく知らないが、そこそこは偉《えら》くて、そこそこ程度にしか偉くない身分の、学者であるらしい。つまり、責任の伴《ともな》う面倒《めんどう》な仕事を上から命じられれば断れない。

「もちろん、好きでくっついているわけではありませんが」眼鏡の位置を指先で直しつつ、シリルは答えてくる「最後まで同行しろという命令を受けています。苦情がありましたら、私ではなく上司のほうへ」

「上司って、賢人塔上層部でしょ？　なんで連中が、正規勇者《リーガル・ブレイブ》の旅に干渉《かんしょう》してくるわけ」

「どちらかというと、大臣たちの都合ですね。本来どうあるべきものかはさておいて、正規勇者《リーガル・ブレイブ》の主な戦場は帝国領内。つまり帝国の外の人間にとっては、『帝国の守護者』以外の何者でもない」

「……うげー」

なるほど。シリルの言いたいことが、ひいては帝国の偉い人たちが考えている内容が、リーリァにも理解できた。

「外国の超《ちょう》有名人だから、実質上、外交官の振《ふ》る舞《ま》いが求められるってわけ？　実際には権力も後ろ盾もないのに？」

「さすがに聡《さと》いですね、概《おおむ》ねその通りです」

驚《おどろ》いた風もなく、淡々とした調子のままで、シリルは頷《うなず》く。

「できることなら今回のバゼルフィドル行き自体を取りやめていただきたかったところですが、そういうわけにもいきませんでしたし」

「まぁ、ねぇ」

ちらりと、自分の荷物——からにょっきりはみ出ている、セニオリスの包みを見る。

つまりは、そういうことだ。ししょーの言う「セニオリスを直せそうな心当たり」とやらが、どうやら、そのバゼルフィドル国にいるらしいのである。

最速の交通機関を乗り継《つ》ぎまくっても旅程は半月を超《こ》えるし、国境を越《こ》えることによる面倒も先ほどシリルに釘《くぎ》を刺《さ》された通り。何とも面倒な話ではあるけれど、

(――かといって、ほっとくわけにも、いかないしね)

セニオリスは、とても古い剣《けん》だ。

限られた者にしか扱《あつか》えないと言われてはいるが、歴史が長いぶん、それなりの数の使い手の間を渡《わた》り歩いてきたはずだ。それを、べたべたに汚《よご》したままで放置するというのは、何というか、色々な人たちに申し訳ない。


少し離れたところを往《ゆ》く魚群が、ばしゃばしゃばしゃと、元気に跳《は》ねた。


「おおー……」

今のもまた、帝国《ていこく》の中にいては見ることのできなかった眺《なが》め、である。こういう役得があるのだから、面倒な長旅も、この際アリということでもいいかもしれない……などと、実に現金なことを考えたりもする。

「勇者様？」

はっ。

シリルの冷たい声で、また舷側にはりつきかけていた自分に気づいた。

例の呪いのせいで、頭が本調子ではないのかもしれない。いつもより、自制心が働いていないような気がする。これはよくない。慌《あわ》てて体を引き離し、

「それで、えーと、うん。そんなに気を張ることもないと思うんだよね」

ちょっとだけ早口になりながら、話題を変える。

「今回の話を持ってく先、アステリッド家でしょ、護符商人《タリスマン》の。あそこのボス、ちょっと前に、帝都のパーティで会ったことあるんだけどさ。話のわかるおじさんだよ？」

思い出す。でっぷりと太った貫禄《かんろく》のある中年男で、高そうなスーツを着て高そうな葉巻をくわえて、高そうな指輪をたくさんはめていた。見た目はギャングの親玉そのもので、話した印象もギャングの親玉そのものだった。

そしてリーリァは、それなりに荒《あら》っぽい人生を送ってきたおかげで、そういう手合いの相手が苦手ではない。

はぁ、とシリルは困惑《こんわく》の息を吐《つ》いて、

「情報が、少々古いようですね。アステリッド家の最高経営責任者は、半年ほど前に代替《だいが》わりしたと聞いています」

「え」

「あなたのいう『おじさん』が急死し、娘《むすめ》が跡《あと》を継いだのだと」

「……娘って」


少し離れたところを往く魚群が、また、ぱしゃりぱしゃりと元気に跳ねた。

それを狙《ねら》って、海鳥が急降下。海面近くで一瞬《いっしゅん》、ふたつの影《かげ》が交差する。


「おっ」

空へと戻《もど》ってゆく海鳥の嘴《くちばし》に、みごと、一匹《いっぴき》の魚がくわえられているのが見える。きらきらと陽光に輝く鱗《うろこ》の銀色が、まるで軍功を讃《たた》えるトロフィーか何かのようで。

「おおおー……」

今のは綺麗《きれい》だった。何というか、今まで見たことのないタイプの美しさだった。光と影、静と動、生と死、いろいろなものが一瞬のうちに交錯《こうさく》して、弾《はじ》けていた。

それなりに旅慣れていて、それなりに知見も広くなったつもりでいたけれど、それでもしょせんは十三歳、まだまだ多くを見てきたとは言えないらしい。ちょっと遠くまで足を延ばしただけで、こんなに新しい体験に出くわすのだから。

「勇者様？」

はっ。

「あー、いや、ははは」

笑ってごまかしつつ、また気づかないうちに張り付いていた舷側を、離れた。

「それで、何だっけ。あのおじさんが急死して、それで……」

強引《ごういん》に思われるだろうことは承知の上で、話を引き戻す。

「……さっき、娘がアステリッドの跡を継いだ、とか言った？」

話を引き戻してすぐに、自分の声が低くなっていたことに気づく。

「ええ。話には聞いていますよ。そのパーティの場で、あそこのお嬢様《じょうさま》とは派手に衝突《しょうとつ》したらしいですね？」

淡々と。出来の悪い生徒にうんざりした教師のような顔で、シリルは告げる。

「衝突っていうほどは……」

「取っ組み合いになる寸前だったとか」

「……そんなことないから。あんなやつ、取っ組み合いになる前に瞬殺できたから」

「なるほど。お二人の関係だけは、とてもよくわかりました、が……」

何に納得《なっとく》したというのか、シリルは深く頷いて、

「アデライード・アステリッド。世界屈指《くっし》の護符《タリスマン》製造業者アステリッドの切り札にして最終兵器、天才少女アデライードその人が、今回の交渉の相手です」

「…………」

リーリァはしばらく考えて、

「引き返していいかな？」

「だめです」

「だめかぁ」

肩《かた》を落とした。

「苦手なんだよなぁ、あの女……」

ぽつりと呟くリーリァを慰《なぐさ》めるようなタイミングに、ぱしゃりと、遠くの水面《みなも》でまた何かが跳ねた。

†

昔話にいわく、その海域には魔《ま》が棲《す》む。

リスティル内海を出て、まっすぐ東。ガルマンド砂流連邦《れんぽう》から見て北方。

晴れていたはずの海に、急に、濃《こ》い霧《きり》が出る。方向を見失った船は、仕方がないので、帆《ほ》を畳《たた》んで天候の変化を待つことになる。しかしその霧が、遠い世界への入り口だったのだ。船は再び太陽を見ることなく、そのまま海底へと沈《しず》んでゆく。

古今東西、よく聞く伝説である。

よく聞く伝説だから、被害《ひがい》に遭《あ》ったとされる船も様々だ。大きな商船、小さな釣《つ》り船。古式の手漕《こ》ぎ船、新型の帆船《はんせん》。凄《すご》いものになると、ひとつの海軍に所属する船団ひとつが、まるっと霧に呑《の》まれて消えたなどという話もある。

子供向けの童話として片付けられそうな話ではあるが、実はこれ、完全に事実無根の絵空事というわけではない。実際にその海域に入って姿を消した船は数多くあるし、その事実を裏付ける記録だってちゃんと大量に残っている。

種を明かせば、犯人は霧ではなく、海流である。

ふだんは穏《おだ》やかな海が、季節や天候など、特定の条件を満たした時間にだけ潮流が大きく変わる。気流が狂《くる》って霧が出て、逃《に》げ場のない危険な岩礁《がんしょう》地帯へと運ばれる。

無数の船がそこに誘《いざな》われ、そして、捕《と》らわれた。陸に残された者たちは、そのことを知る術《すべ》がなく、ただ霧の中に船が消えたとだけ感じ、そう伝えた。そうして海に棲む魔の物語が生まれ、伝えられてきた。

さて。

ここまではもちろん昔話であり、造船の技術や航海術が大きく発達してきた最近は、ちょっと事情が違《ちが》っている。


先にも出た、海軍ひとつ分の船団がまるっと霧に呑まれた話である。

あれは物語の誇張《こちょう》などではなく、実際にあったことである。今から百年以上前のことだが、当時の最新鋭《さいしんえい》技術を集めた大型帆船が二十六隻《せき》。近海を荒《あ》らす大怪蛇《だいかいじゃ》を討伐《とうばつ》した帰りに、まとめてこの海域へと流れついていたのだ。

相当のパニックが起きたはずだ。動けなくなった自分たちの船、辺りに散らばる無数の船客たちの残骸《ざんがい》、航海士やら何やらが告げる、自分たちはもう二度とここから出られないという事実。しかし、

「これより我等《われら》は、ここに新たなる国を興《おこ》す！」

船団のボス、バゼルフィドル船長が、大真面目《おおまじめ》な顔でそんなことを宣言したのだ。

誰《だれ》もが笑った。無茶《むちゃ》を言いやがると呆《あき》れた。そうやって雰囲気《ふんいき》が弛緩《しかん》しきった後で、冷静に考えて、気付いたのだ。それが不可能なことではないのだと。

動かなくなった船を国土とし、互《たが》いの間に橋を架《か》けた。船足を鈍《にぶ》らせるにっくき海藻《かいそう》を集め、食用になることを確認《かくにん》した。周囲の難破船の残骸を巡《めぐ》り、物資を補充《ほじゅう》した。新たに漂着《ひょうちゃく》してきた船を迎《むか》え入れ、協力してゆくことを持ち掛《か》けた。

ずっと平和にうまくいったとは言わない——むしろ多くの血が流れた——が、とにかく、彼らの試みは大局的に成功した。身を寄せ合った漂流者たちは、確かに、国と呼べる規模の共同体を創《つく》り上げてしまったのだ。

建国から長い間、当たり前だが、その存在は大陸のどこにも知られていなかった。しかし、大抵《たいてい》の岩礁や海流は克服《こくふく》できるようになってしまった近代においては、その辺りの事情すら変わってしまった。

もともと交通の要衝になりうる場所だったからこそ、多くの船が行き交《か》い、遭難《そうなん》事故が繰《く》り返されてきたのだ。安全な行き来ができるようになってしまえば、魔の棲まう海域だった場所も、便利な交易路に早変わりする。

そして、今——

†

船旅は、六日にわたった。

地平線の彼方《かなた》にそのシルエットが見え始めた時に、リーリァは「うお」と呟《つぶや》いた。

少しずつ距離《きょり》が縮まり、細かいところまでが見えるようになってくると、今度は「うへえ」という声が漏《も》れた。波が高くなり船が不安定に揺《ゆ》れる（付近の海の底に不規則な岩礁が広がっているせいらしい）たびに、「ひゃ」「どぉ」と喚《わめ》いた。

そして、船が港に入った後。タラップを降りた瞬間には、「ううむ」という感嘆《かんたん》とも困惑ともつかない奇妙《きみょう》な音が出てきた。


地面が揺れている、と感じる。

船の振動《しんどう》が急になくなったから、ではない。港とされている場所もまた大きな艀《はしけ》であり、波の上下に合わせて、ゆるやかにではあるが確かに動いていた。

「――陸《おか》に着いた感じ、しないんだけど」

「実際、陸じゃありませんからね。ほら旅券出してください、下船手続きしますよ」

「はーい」

子供の一人旅は、いろいろと面倒《めんどう》が多い。その点に関しては、シリルの同道には助けられている。しっかりものの大人が一人いるというだけで、色々な手続きが円滑《えんかつ》に進む。

もちろん最初から正規勇者《リーガル・ブレイブ》の身分を明かしてゴリ押ししたならば、面倒全《すべ》てを無視して国賓扱《こくひんあつか》いでの入国も可能だっただろうけれど、それはできるだけやりたくないし。

「ううーむ」

バゼルフィドル国は、無数の難破船を寄せ集めて作られた都市国家である。

その国土——という呼称《こしょう》が正確なのかはさておいて——の中心は、寄せ集めの木材や金属板を組み合わせて作り上げられた、巨大《きょだい》で不格好な構造体である。大まかな形としては、無数の楊枝《ようじ》を刺《さ》した崩《くず》れかけのプリンというか、素人《しろうと》が四苦八苦して作った編み籠《かご》を伏《ふ》せた感じというか。

大まかには、縦に五層に分割《ぶんかつ》された構造になっている。大まかというのはつまり、そこまで丁寧《ていねい》に設計されてのものではないため、局所的に四層だったり六層だったりもしているということだ。そして、各層がさらに大雑把《おおざっぱ》にいくつかの区画に切り分けられ、それぞれに異なる自治体に管理されているらしい。

そしてその外周の海面を覆《おお》うようにして、無数の筏《いかだ》がお互いを係留し合って、浮島《うきしま》のようなものを造り出している。いま自分たちが立つ港も、そういう大型の筏のひとつだ。見た感じ、こちらは外界との接点として交易の場になっていたり、ちょっと治安がよくなさそうな感じの市街地が広がっているようだ。

視線をちょっと上げれば、中央の巨大プリンもどきと周辺の筏を結ぶ、無数の細い綱《つな》が見える。ついでに、そこに下げられた無数の洗濯物《せんたくもの》も。まるでサーカスの天幕と、掲《かか》げられた旗のような。

大陸の中であっても、そうそう見ないサイズの建造物。これら全てが、かつての遭難者と、その子孫たちが作り上げたものなのだという。

（人間って、たくましいなあ）

小腹が空《す》いたので、手近な露店《ろてん》に立ち寄って干したフルーツをいくつか購入《こうにゅう》。さっそくかじりつく。塩っぽくなった口の中に、じわりと広がる甘味が嬉《うれ》しい。

「……こら」

背後から、頭を軽くこづかれた。

「まだ下船手続き終わる前だっていうのに、なんでそんな自然に買い食いとか始めてるんです。落ち着いて待つだけのこともできないんですか、このお子様は」

振《ふ》り返れば、もちろんシリルが、聞き分けの悪い悪ガキを見下ろすような苦々しい顔で立っていた。

「いやあ、やっと着いたと思ったら、ちょっとテンション上がっちゃってさ。ひとつ食べる？　おいしいよ？」

「怒《おこ》られたばかりで、すぐさま買収工作ですか、まったく」

「まあまあ。いらないの？」

「……いただきますけどね」

仏頂面《ぶっちょうづら》のままでシリルはフルーツを受け取り、すぐさまかじりつく。

「それで？　こっからどうするの？　観光？」

「しょれは」ごくん「それはやめたほうがいいでしょうね。治安がいいとは言い切れない場所のようですし」

「そぉ？」

ちらりと視線だけで辺りをチェック、

「ぱっと見た感じ、そんなに危ない感じはしないんだけど――」

ほぼ同時、
男の怒号《どごう》。木の板が折れたり割れたりする音。複数名の悲鳴。鍋《なべ》か何かがぶつかり合う金属音。派手な水音。先ほどよりも大勢の悲鳴。

近い。距離にして、小屋ひとつほどを隔《へだ》てた向こう。

「――あの。勇者様？」

シリルの視線が冷たい。

「どこにでもある、地元チンピラのじゃれ合い。せいぜい五人くらいだし、特に光り物出したりもしてないみたいだし。別に危なくないでしょ？」

あからさまな嘆息《たんそく》。

どうでもいいけれど、ため息の数だけ幸せが逃げると言うが、この女はいったいどれだけの幸を失って今ここに立っているのだろうと思う。本当にどうでもいいけれど。

「世間一般《いっぱん》ではそういうのこそを、超《ちょう》危険と呼ぶんです」

「世間にとってどうあれ、危なくはない。あたしは言うまでもなしとして、賢人塔出身ってことは、あんたも呪蹟《ソーマタージ》とか使えるんでしょ？」

「そりゃ、それなりに覚えはありますけどね。基本的に呪蹟《ソーマタージ》は、入念に準備された儀式《ぎしき》あってこその秘術です。突発《とっぱつ》的な荒事《あらごと》には向いていません」

「基本的には、でしょ。自分が例外じゃないって言い切れる？」

沈黙《ちんもく》。

「……どちらにせよ、観光には向かない騒《さわ》がしさだと思いますが。それとも、野次馬《やじうま》の趣《しゅ》味《み》でもありますか？」

「んー、そういうわけじゃないんだけどさ」

少しだけ、考える。

直接この目で見ずとも、音と、気配の動きを追うだけで、だいたいの状況《じょうきょう》は把握《はあく》できる。人数は二対三。双方《そうほう》ともに今は素手《すで》で、かつ、練度も低い。抗争《こうそう》と呼べる理由のぶつかり合いではない。

むしろ気になるのは、その騒動《そうどう》を取り巻く別の者たち。人数は四人、互いの出方を警戒《けいかい》したまま気配を押し殺し、遠巻きに素人たちの殴《なぐ》り合いを観察している。こちらは皆《みな》、それなりに場慣れした使い手のように思える。

（それなりに腕の利《き》く連中が港を張ってる……ってことは、見かけほどのどかな国ってわけでもなさそうだけど）

干渉《かんしょう》するべきでは、ないのだろう。

どこの街にも、その街ならではの事情というものがあって当たり前だ。よそ者が薄《うす》っぺらい感情で首を突《つ》っ込むべきではないだろう。それは、そう、まさに今言われたばかりの、野次馬の趣味と何も変わらない。

そう。そんなことは、人類全体の守護者たる、正規勇者《リーガル・ブレイブ》の仕事ではない。

「……なんていうかさ。逆に、平和だなーって」

「はい？」

「人間が、人間を怖《こわ》がってる。人間同士で表立って諍《いさか》いを起こしていられるってのはさ、そんなことしてても絶滅《ぜつめつ》しないで済むってことじゃない。あんまり怪物《モンストラス》が出てこないのかな、このへんは」

「物騒な発想ですね」

殴り合いの騒動は、少しずつ大きくなっている。どちらかの陣営《じんえい》の仲間がやってきたのか、巻き込まれた周囲の野次馬が参戦しただけか。

「ですが、おそらく正解です。海に自生する怪物《モンストラス》もここに近づくものは少ないようです。ここには冒険者《アドベンチャラー》もほとんどいませんし、だから冒険者組合《ギルド》も最低限のものがひとつあるきりだし、組合連盟《アライアンス》からも切り離《はな》されているとか」

「詳《くわ》しいね」

「調べてきましたから」

そして──敢《あ》えて言うまでもないことだからかシリルは言葉にしなかったが──讃光《さんこう》教会の影響《えいきょう》の薄いこの地には、人類を守護して戦う勇者《ブレイブ》が、いない。

「毎年、嵐《あらし》の季節が近づくころに大海蛇《おおうみへび》や大鮫《おおざめ》が群れて襲《おそ》ってくるとのことです」各自警組織が討伐《とうばつ》数を競い合う一種のお祭り騒《さわ》ぎになるそうで、その時季だけ傭兵《ようへい》を呼び寄せる組織もあるとか」

なにそれ楽しそう。

「……なんていうか、賑《にぎ》やかだね、ここは。うまく言えないけど」

「勇者様？」

「いいね、そういうの」

自分に言い聞かせるようにそう呟いた直後に、騒ぎに沸《わ》いた人ごみの隙間《すきま》から、スーツ姿の女性がまろび出てくる。辺りを見回し、こちらに気づいて、近づいてきた。

「アスプレイ様、と、ライトナー様、でよろしいでしょうか」

どことなくおどおどとした態度で、女性は、自分をアステリッド家からの迎《むか》えだと紹《しょう》介《かい》する。

†

決して、広くはない。

しかし見るからに、金のかかった部屋ではあった。

調度はどれも、帝国《ていこく》では見ないタイプのものばかり。壁際《かべぎわ》に並んだ壺《つぼ》やら甕《かめ》やらは、どうやら陶器《とうき》ではなく金属製。床《ゆか》の絨毯《じゆうたん》ひとつをとってみても、獣毛《じゆうもう》ではなく一種の枯草《かれくさ》を編んでいるものらしい。そして壁一面に堂々と貼《は》り付けられているのは、おそらく近海の地勢と海流をまとめて描《か》き込んである、広域海図。

部屋の真ん中には、六名掛《が》けの長テーブル。そして、それを挟《はさ》んで両端《りようはし》にひとつずつ、これまた豪奢《ごうしや》なつくりの椅子《いす》が配置されている。

椅子に座っているのは、双方ともに、まだ年若い少女だ。

「…………」

リーリァ・アスプレイが、にこにこと笑っている。

「…………」

アデライード・アステリッドが、これまた、にこにこと笑っている。

空気が冷たい。気の弱い者であれば気を失いかねない、得体の知れない緊張《きんちよう》が部屋に満ちている。

「——お話、確かに承《うけたまわ》りました」

アデライードの斜《なな》め後ろに立つ、落ち着いた風貌《ふうぼう》の紳士《しんし》が、ゆっくりと頭を下げた。

「極位古聖剣《けん》セニオリスといえば人類の至宝のひとつ、その刀身の曇《くも》りは人類の未来の翳《かげ》りも同じ。その修復浄化《じょうか》となれば、国家信教の壁を越《こ》えた、人なる者の義務も同じ。及《およ》ばずながら、微力《びりょく》を尽《つ》くさせていただきま」

「ストップ」

アデライードが、静かな声で紳士の言葉を遮《さえぎ》る。

「勝手に進めないで。わたしはこの話に納得《なっとく》していない」

「ボス」

「まず、わたしたちは商売人で、どっちかといえば悪の組織寄り。きみたちみたいに、世界のために働くセイギノミカタってわけじゃない」

リーリァの顔が小さく歪《ゆが》む。アデライードは構わず、

「今の話だと、讃光《さんこう》教会の判断では、その剣をどうにかすることは急務ではない。にも拘《かか》わらず難度が高い。おそらく最高の設備と技術者をフル投入しなければ始められない。そして当家にそんな余裕《よゆう》はない。……そうでしょう、副ボス」

紳士が黙《だま》り込む。

「と、いうわけ。わざわざ遠いところまで来てくれたのにごめんなさいだけど。あ、埋《う》め合わせに、おいしいお魚の店とか紹介してあげようか？」

「はっは、面白《おもしろ》いこと言うじゃない」

朗《ほが》らかに——少なくとも当人はそのつもりの声で——、リーリァも返す。

「そんな強がり言ってられるような立場でもないでしょ。余裕がないから、だからこそ、神聖帝国と讃光《さんこう》教会に貸しを作れる機会を逃《のが》せるはずがない」

バゼルフィドル国の国土は非常に狭《せま》い。そこで複数の組織が覇《は》を争っているとなれば、後ろ盾《だて》となる勢力は非常に重要となるはずだ。実質上既《すで》に世界を支配していると言われる神聖帝国および讃光《さんこう》教会との繋《つな》がりは、絶対に軽《かろ》んじられない。

そこでいったん言葉を切って、沈黙する全員を見渡《みわた》してから、

「加えて、うちの虎《とら》の子のセニオリスを、現所有者のお墨付《すみつ》きで、解析《かいせき》してもいいぞって話なんだ。内心じゃ、今すぐしっぽ振って飛びつきたいはずだよ、アデライード」

「……アステリッド家は、以前にも一度、セニオリスの解析を請《う》け負っています。当時のデータだけで、当世の護符工房《タリスマンこうぼう》としては充分《じゅうぶん》以上の資産です」

そういうことが、あったらしいのだ。

何十年も昔の話だ。セニオリスの先代の使い手、つまりはリーリァの師匠《ししょう》なのだが、が力いっぱいに振り回しすぎたせいでセニオリスの核《かく》が目を回した。その際に修理を請け負い、見事にやり遂《と》げてくれたのが、アステリッド家の前ボスだったらしい。

今回の紹介はその時の縁《えん》があってのものということだったのだが、

「あんた自身の目でセニオリスを分析《み》たわけでも、あんた自身の手でセニオリスを分解《ばら》したわけでもない。本心じゃ、今すぐしっぽ増やして飛びつきたいはずだよ、アデライード」

「……きみの中のわたし、どんな怪物《モンストラス》なのかな？」

「毛並みが良くて手癖《てくせ》の悪い雌狐《めぎつね》」

「即答《そくとう》だし」

アデライードがあははーと笑う。

リーリァがんふふーと笑う。

窓の外でぎゃあぎゃあと海鳥たちが不吉《ふきつ》に鳴く。

「勇者様」

リーリァの斜め後ろ、それまで静かに控《ひか》えていたシリルが、はぁと息を吐《つ》く。

「外交官のつもりでしっかり振《ふ》る舞《ま》ってほしいと、確かに伝えたはずですが」

「あたし、まだ子供だから難しいことわかりませーん」

「都合のいいときだけ……」

やれやれと、シリルが首を振る気配を感じる。

やーいやーい怒《おこ》られたー、と、アデライードが囃《はや》し立てる。

「あなたもですよ、ボス」

紳士が、こめかみを指先で押さえて、苦し気に首を横に振った。

「あなたはもう、ここの代表者だ。経験が足りない分は仕方がない、我々《われわれ》周囲の大人が補います。しかしせめて態度だけでもそれらしく振る舞ってほしいと、いつもお願いしているでしょう」

「わたしもう大人だけど難しいことわかりませーん」

「……あなたという人は……」

紳士が、深く重く、魂《たましい》から絞《しぼ》り出すように嘆息《たんそく》する。

「心中お察しします」

シリルが、これまた臓腑《ぞうふ》の奥から滲《にじ》み出るような声で応《こた》える。

「だいたいさー」

その空気を読めていないのか、それとも無視できるだけの胆力《たんりょく》があるのか。あっけらかんとした声で、アデライードは言う。

「実際、よその仕事入れてる場合じゃないでしょ、うち。『笑い猫《ねこ》』の案件のこともあるし。『先割れスプーン』も『燃《も》え殻《がら》ネズミ』もあまり後回しにできないし、ウミヘビ祭りの準備だって終わってないんだよ？」

「だからこそ、今回の話は断れない。讃光《さんこう》教会からの援軍《えんぐん》もなく、どうやってそのウミへビ祭りを乗り切るつもりですか？」

痛いところを突《つ》かれたらしく、アデライードは黙《だま》り込む。

「なにその、ウミへビって」

知らない言葉が出てきたので、こっそり、傍《かたわ》らのシリルに尋《たず》ねる。

「バゼルフィドル特有の、大規模討伐《とうばつ》任務のようなものらしいです。平常時以上の戦力が必要になるとのことで、交換条件を取り付けたらしいですよ」

「……あたし、教会から何も聞いてないんだけど」

「それは……勇者様の気を煩《わずら》わせるようなことではない、という判断では」

まあそんなところだろうなと思う。いかにもあの祭官《さいかん》どもの考えそうなことだ。ひとの頭の上で知らない取引が勝手に進んでいくのは実に気色が悪いが、いつものことと言われればそれまでである。

「…………ちぇー」

アデライードはつまらなそうに、前髪《まえがみ》を指先でいじる。

「請けてもらえるみたいだから、確認《かくにん》するけどさ。セニオリスの浄化、本当にここの工房にやれるの？　いちおう、帝都の中央工房が投げ出したレベルの仕事だよ？」

「それはもちろん簡単に——と申し上げたいところですが、やってみなければわからないというのが実際のところです。極位古聖剣と呼ばれる五振りは、いずれも常人の想像を超《こ》えて、扱《あつか》いが難しい」

　ですが、と言葉を挟みつつ紳士はアデライードのほうをちらりと見る。

「勝算はあります。安心していただきたい」

　当のアデライードのほうは、小さな子供のように唇《くちびる》を尖《とが》らせて、しかしこれといって言葉を付け加えてはこなかった。

「滞在《たいざい》中の宿は、こちらで手配しました。不自由ないよう取り計らいはしましたが、不足がありましたらお申しつけください」

「それは、ありがとうございま——」

「それと」

　シリルが礼を言うよりも早く、遮るようにして、ヨーズアは言葉を繋げる。

「ここは多くの地から民《たみ》の集《つど》う国。帝国や讃光《さんこう》教会に対し良からぬ思いを抱《いだ》く者も多くいます。できれば、お客人の素性《すじょう》のほうは……」

「吹聴《ふいちょう》する気はないよ」

「わかりました。その話を別としても、帝国に比べれば、治安が良いとはいえぬ地です、くれぐれも、ご用心を」

ヨーズアが深く頭を下げて、この場の話を締《し》めくくる。

4. 幽霊船都市国《ゆうれいせん》バゼルフィドル

街角の大型掲示板《けいじばん》に、印刷された紙がべたべたと貼り付けられている。

その中に知った顔の似顔絵を見つけて、足を止める。軽いデフォルメこそされているが、間違《まちが》いない。ちょいちょいと左右にまとめられた金髪《きんぱつ》に、あざとく片目をつぶったポーズ。先ほど見たものとはだいぶ表情が違うが、アデライードその人だ。

一般《いっぱん》家庭向けに販売《はんばい》している護符《タリスマン》の宣伝であるようだった。五か国の言葉で書かれた宣伝文句のひとつ、帝国公用語の記述を読むと、『悲願達成の護符《タリスマン》、気になるアイツへの告白にも！』とのこと。

（オトコ捕《つか》まえるのにお呪《まじな》い頼《だの》みする可愛《かわい》げはないでしょ、あんた）

というかそもそも、あの女が、男を欲しがることなどあるのだろうか。外面《そとづら》はいいし金も地位もあるしで、どちらかというと言い寄る男を追い払《はら》う側のように思える。

そんなことを考えつつ、歩を進める。

端切《はぎ》れのような木片《もくへん》や金属片をつなぎ合わせて建てられた、いかにも間に合わせ感の漂《ただよ》う建物たち。街を歩いているだけで、不思議な感覚が身を包む。

特に気になるのは、足場の不安定さだ。やはり木材を打ち付けて作られたそれは地面というよりも、安普請《やすぶしん》の床である。凹凸《おうとつ》はあるわ、ところどころ腐《くさ》っているわ、少しばかり揺《ゆ》れているわと、違和感《いわかん》のタネには事欠かない。

酩酊《めいてい》にも似た――船に揺られている時とは、また少しだけ違う感覚。

「先ほどは、ひやひやしました」

隣《となり》を歩くシリルが、うんざりしたような声で話しかけてくる。

「ん？」

「本当に仲が悪いんですね、あなたたち」

「んー、まぁねー」

ふわふわした気分のまま、軽く答える。

セニオリスを預けてきた今は、実際に背中が軽くもある。

「昔、何があったんです？」

「調べたんじゃなかったっけ」

「知っているのは、二人の間でひと悶着《もんちゃく》あったということだけです。細かく聞きまわったわけでもありませんし、原因や過程まではわかりませんよ」

「あー……」

まあそうだろうな、と思う。

そして、当時近くにいた者たちに細かく聞きまわったところで、大した情報は得られなかっただろうなとも。なにせ、当事者である自分も、あの時の自分の衝動《しょうどう》と行動を、うまく説明できないのだから。

「発端《ほったん》は、うちの兄弟子《あにでし》なんだけどね」

「ああ、そんな人がいるんですね」

「うんまあ、そんな人がいるんだけど、こいつがまたアレなやつで……」

ぴんと立てた指をくるくる回しつつ、次の言葉を探して、

「……やめた。人に話すようなことじゃないや、コレ」

「え。何ですかそれ。興味惹《ひ》くだけ惹いておしまいとか、生殺しですか」

「惹かれなくていいよ、あんなやつの話には」

ひらひらと手を振る。

――らしくなかったとは、自分でも思っているのだ。

リーリァ・アスプレイは、こう見えても、ちょっと高貴な家の生まれである。

お人形の真似事《まねごと》とか、にこたら作り物の笑《え》みを浮《う》かべ続けるだとか、心にもないきれいごとを並べてその場を取り繕《つくろ》うだとか。そういう、上流階級のお嬢様《じょうさま》の必須《ひっす》技能は一通り修めていた。大人が望むような子供であり続けることを得意にしていた。

いろいろあって、立場こそ大きく変わってしまったが、身につけた技術が丸ごと消えてしまったわけではない。口先だけの社交辞令を並べて円滑《えんかつ》に場を進めるくらいのこと、自分には息をするくらいに簡単なことのはずなのに。


リーリァと同じくらいの子供が数名、笑いながら駆《か》けていった。

よそ者にとっては違和感のあるここの地面も、生まれ育った者にとっては当たり前のものらしい。凹凸を軽《かろ》やかに、そして楽し気に飛び越《こ》えてゆく。

「……変わった服」

「ガルマンド砂流連邦《れんぽう》のほうの、日よけ外套《がいとう》ですね。あちらでは、ちょっと油断するとすぐ日射病になるそうですし」

「あんま聞き慣れない言葉、喋《しゃべ》ってたね」

「砂虫語《すなむしご》ですね。ガルマンドの三割くらいの氏族が公用語にしている言葉です。おそらく、近くにその辺りの出身者が集まる区域でもあるんでしょう」

「あんたは喋れるの？」

シリルは少し考えてから、「日常会話の聞き取りくらいなら」と答えてくる。

「大したもんだ。賢人塔の人間って、みんなそうなわけ？」

「いえ……一応これでも、数年前までは不世出の天才児で通っていましたので」

「数年前まで？」

「ちやほやされていたんですよ？　桁違《けたちが》いの才能を持った本物の神童が出てきやがったもんで、今じゃ『そんなやつもいたね』扱いですが。今はこの通り、他《ほか》のやりたがらない面《めん》倒事《どう》を押し付けられる程度の役どころですよ」

なるほど。色々とわかった気がする。

正規勇者《リーガル・ブレイブ》に随行《ずいこう》して帝国《ていこく》外まで旅してこい、というこの重要な任務に、実力のない者を就《つ》かせるわけにはいかない。しかし賢人塔の実力者といえば基本的に、部屋に引きこもって知識を蓄《たくわ》えることにしか興味のないご老人ばかり。体力的にも性格的にも、長旅になど向くはずもない。

一度は天才と呼ばれていただけの実力がある若者がいて、今はもう丁寧《ていねい》に扱う必要がないというならば、そりゃあ便利に使われることにもなるだろう。

「んじゃあさ」くるりと振り返り「時間もあるわけだし、色々見て回んない？　帝国の近くじゃ見られないものたくさんありそうだし、解説あると嬉《うれ》しい」

「却下《きやっか》です」

返答は冷たかった。

「私の仕事は、勇者様が無事にセニオリスを浄化《じょうか》し終えることの手助けです。余計なリスクを増やすつもりはありません。このまま、宿に直行してもらいます」

「いやいや？　ちょっと観光したいってだけで、リスクなんてどこにも」

「四万人を超《こ》える数を病死させられるような呪詛《じゅそ》を、まだその体の中に留《とど》めたまま、なんですよね？」

——う。

「それはまあそうだけど、ほら、あたし人類最強の聖人だし。ほぼ健康体よ？」

「その自己申告を信用する根拠《こんきょ》がありません」

「ぬう」

少し困る。ほぼ健康体だという今の主張は、嘘《うそ》というほどではないが、完全な真実ではない。今の自分の体は確かに、大きく調子を落としている。顔色には出さないようにしているが、ちょっとした高熱が出てもいるだろう。

嘘を続けてごまかしても、調べられればすぐにわかってしまう。

「そうでなくとも長い船旅の直後なんです。あなたがここからどうゴネようと、今日はもうこのまま休んでもらいますからね」

「……しょうがない、わかった」

リーリァは小さく唇を尖らせて、背負った荷物袋《ぶくろ》の位置を直す。

「ところで宿の場所って、この先だっけ？」

「そうです。一直線だし、寄り道はしませんよ」

「いやいやそうじゃなくてさ。万が一に備えて確認《かくにん》だけしとこうと思っただけ」

「万が一？」

訝《いぶか》るシリルに向けて、リーリァはにっと笑ってみせる。

「そ。心配ないとは思うけど、万が一宿に着く前にはぐれちゃったりしたら、現地で集合しようね？」

「……ちょっ⁉」

リーリァが何をしようとしているのかを察したのだろう、シリルが制止の声をあげようとする。しかしそれよりも半呼吸ほど早く、リーリァは行動を起こす。

呼吸を抑《おさ》え、気配を鎮《しず》める。にやりと笑った表情だけをその場に残し、姿を消す。

熟練の職業暗殺者の中でも一握《ひとにぎ》りの者にしか扱《あつか》えないと言われる、本格的な隠形《おんぎょう》術である。遮蔽《しゃへい》も幻惑《げんわく》も必要とせず、ただシンプルに相手の知覚から外れるだけの技《わざ》。

確かにそこにいるはずなのに、特別な心得のない者には、見ることも触《ふ》れることも感じることもできなくなる。

「と、あ、あああああ」

伸《の》ばされたシリルの手が空を切る。

慌《あわ》てた顔で、左右を見回す。

視界のどこにもリーリァ・アスプレイの姿がない――完全に逃《に》げ切られてしまったということを察する。

「あ――――」

手のひらで額をばしんと叩《たた》き、ふらりと近くの壁《かべ》にもたれかかってから、

「あんのお子様ァァァ!!」

空に向けて。

恥《はじ》も外聞も節度もなく、道行く人々の視線も気にせずに。大きく、吼《ほ》えた。

5. 賑《にぎ》やかな猫《ねこ》の小屋

鼻歌交じりに、街を歩く。

シリルには悪いことをした、とは思っている。

そう思ってはいるけれど、反省する気はない。正規勇者《リーガル・ブレイブ》という人生は、波乱万丈《はらんばんじょう》なように見えて、これがかなり退屈《たいくつ》というか、前向きな気持ちになれる刺激《しげき》に欠けるものなのだ。今後帝国を離《はな》れられる機会がまたあるとも限らないし、今のうちにできる限り、色々な未知を堪能《たんのう》しておきたい。

(うーむ)

ときおり異国っぽい服装の者を見かけこそするものの、この辺りの文化の基盤《きばん》は、帝国の――というか大陸のそれと大差ないらしい。布地の質感も、染色《せんしょく》の具合も、見慣れたものと大した違いがない。この辺りは、アステリッド家がもともと大陸の出身で、大陸の出身者を集めてこの区画を作って、そちらのほうと交易を重ねて今に至るまで維持《いじ》してきたということなのだろう。

別の区域も見に行きたいかな、とは思う。けれどまあ、シリルをこれ以上怒《おこ》らせるのもなんだなと（今さら意味があるかはともかく）思い留まる。近場で済ませよう。

露店《ろてん》の前で立ち止まった。

毛糸や端切《はぎ》れを使って作られた、小物を扱っている店である。むろんそれ自体が珍《めずら》しくて目を惹いたというわけではない。気になったのは別のもの。

ぬいぐるみだ。

黒髪《くろかみ》の少年を象《かたど》っている。

お買い得に見えた、わけではもちろんない。生地《きじ》は安物だし、目を見張るような技術が使われているわけでもない。愛情を感じる丁寧な出来ではあったが、単純に商品として見た場合の価値はそのくらいだろう。

気になったのは、別のこと。

そのぬいぐるみの、癖《くせ》が強くて、ちょっとはねた感じの黒髪だとか。

世をすねたような、ちょっとひねた感じの目つきとか。

つまるところ。リーリァの知る、誰かさんに似ていた。

「…………」

異国の一人歩きに、浮かれていたのかもしれない。

呪詛による熱で、判断力を欠いていたのかもしれない。

とにかく、リーリァの中で、ふだんのリーリァならば迷わず抑えつけていたであろう衝動《しょうどう》が膨《ふく》れ上がっていた。

「ふむ」

きょろきょろと、意味もなく周囲を確認する。

視覚の通る範囲《はんい》に、知己《ちき》の姿はない。勇者《ブレイブ》の知覚を総動員して気配を探《さぐ》っても、こちらに関心を向けている者は確認できない。

つまり、シリルを撒《ま》いて、異国の地を一人歩いている今なら。

自分が何をしようと、恥はかかない。イメージに傷がつくこともない。

「……………うん」

迷っていたのは、ほんの数秒。店主である中年女の帝国公用語は多少怪《あや》しかったが、身《み》振《ぶ》りを交えつつ問題なく商談成立。財布《さいふ》の中の現地紙幣《しへい》数枚と引き換《か》えに、目当てのものを手に入れる。

「にへ」

頬《ほお》が緩《ゆる》む。

足取りが軽くなる。

たった今手に入れたぬいぐるみに似た、誰かさんに思いを馳《は》せる。

(今どうしてるかな、あいつ)

心配するだけ無駄《むだ》な相手だと、わかっている。けれど、考えれば考えるほど心配になってくる。そういう相手だ。

あいつは今や、準勇者《クアシ・ブレイブ》だ。

正規勇者《リーガル・ブレイブ》としては選ばれなかったが、それに準じる強さがあると讃光《さんこう》教会に認められた聖人だ。だからもちろん、無力な一般《いっぱん》人というわけではない。むしろ、常人から見れば非常識なまでの強さを秘《ひ》めている。

けれど、そんな立場や強さは、気休めにしかならない。あいつはいつだって、一度守りたい相手を見つけてしまえば、とんでもない相手に迷わず挑《いど》んでしまうのだから。

(…………)

そうだ。考えるまでもない。

あいつは、今も昔も、あいつ以外の何者でもないのだ。今もどうせ誰かのために無茶《むちゃ》をしているに決まっているのだ。勝てるはずのない相手に挑んで、めちゃくちゃな戦いを繰《く》り広げて、どうにかしてギリギリの勝利を収めて、ボロボロになって、守ったはずの相手を泣かせているのだ。きっとそうだ。

周りがどれだけ心配しようと、言葉で引き留めようと、お構いなしに。

これまでずっと、そうだったように。これからもずっと、そうであるように。

(アルちゃんもかわいそうにね、あんな馬鹿《ばか》の心配ばっかさせられて……)

ぬいぐるみの入った紙袋を——そこに本人がいるわけではないのでとばっちりだが——ぎゅっと強く抱《だ》きしめる。と、

どん、

「あ」

「きゃっ!?」

小柄《こがら》な通行人にぶつかった。

びり、という小さな音とともにリーリアの袖《そで》が小さく裂《さ》ける。

やはり本調子ではない。注意力が致命的《ちめいてき》に欠けている。いつもなら絶対にやらないようなミスをやらかした。

体格だけを比較《ひかく》するならばリーリァ自身のそれと大差はない――十を少し超《こ》えた程度の少女のそれ――だが、達人と一般人では重心の安定度が違《ちが》う。巨大《きょだい》な石像に体当たりをするようなものだ。リーリァは小揺《こゆる》ぎもしなかったが、相手は見事に転倒《てんとう》する。

「ごめんなさい、よそ見してまし――」

慌てて手を差し出して、倒《たお》れたその少女を引き起こそうとしたところで、

「――アルちゃん!?」

つい先ほど頭に浮《う》かんだばかりの知り合いの名を、叫《さけ》んでしまう。

†

そんなわけが、ないのである。

†

「どんなひとなんですか、その、『アルちゃん』って」

「あーいやー……知り合いの娘《むすめ》さん、みたいな？」

そう。知り合いの、というかあいつの〝娘〟である。

もちろん帝国人《ていこくじん》、しかも帝都からだいぶ離れた田舎《いなか》町の住人である。遠く離れたこの地で本人に会うことなど考えられない。

(よくよく見たら、そんなに似てるって感じでも……ないかなぁ……)

目の前にいる少女を、じっと観察する。

年は——たぶんリーリァと同じくらい、十三かそこらだろう。

あんまり艶《つや》のない、ぺたっとした黒髪。目立って美人というわけではないが、どこか見るひとを安心させるような、穏《おだ》やかな顔立ちと、表情。この辺りまでは、見間違えても無理ないでしょと開き直りたくなるくらいに、この少女と『アルちゃん』は似ている。

けれど、決定的な違いも、いくつかある。陽光の強いこの地域に住むこの少女の肌《はだ》は、『アルちゃん』とは違い、健康的に浅く焼けている。それに加え、

(——綺麗《きれい》な目)

そう。不思議な色合いの、その瞳《ひとみ》だ。

柔《やわ》らかな光沢《こうたく》を湛《たた》えた、のっぺりとした翠銀《すいぎん》色。

美しく輝《かがや》く瞳は、よく宝石に喩《たと》えられる。しかしこの少女のそれを見ていても、うまく石の名前が出てこない。どちらかというと、鏡面のように艶やかな、金属の印象。銀細工

を、いや、細工する前の銀のインゴットを見ているような。

「仲良しですか？」

「う、うん、そうかな？」

「ふぅむ」

じっと、少女はリーリァの顔を覗《のぞ》き込んで、

「そのお知り合いのひと、かっこいいですか？」

ちょっと待って。いまの話から何を読み取った。いや、何をかぎ取った。

「……さーて、どうかなー。そういう目で見てないから、わかんないなー」

ついうっかり、目線を逸《そ》らしてしまう。

「ふぅむふぅむ」

意地悪く、何度も頷《うなず》く。

前言を撤回《てっかい》したい、やっぱりこの子は、『アルちゃん』とはあまり似ていない。あの子はこういう、小悪魔《こあくま》めいた意地の悪い笑い方はしない。

その少女は、エマと名乗った。

この区画の外れ、海のすぐ近くに家族と住んでいるのだという。

ぶつかった時に、リーリァの服の袖が小さく破けていた。

繕《つくろ》うから家まで来てくれと言われて、厚意《こうい》に甘えた。

「散らかっててごめんなさい。うちの子たち、行儀《ぎょうぎ》が悪くて」

なるほど確かに、と思った。決して広くはない小屋だったが、椅子《いす》は倒れているわシーツや毛布は散らばっているわ毛糸がぐちゃぐちゃになっているわ編み籠《かご》はずたずただわと、なかなかどうして状況《じょうきょう》が激しい。

嵐《あらし》が通った後、という形容をしたくなるところだが、それでは正確さに欠けてしまう。なぜならば、嵐は、現在進行形で、そこにいたからである。白やら黒やら焦《こ》げ茶《ちゃ》やらブチやら、色とりどりの毛玉のようなものが、どったんばったんと部屋の中を走り回り続けている。

「こらあー！」

エマの叱責《しっせき》の声を聴《き》いて、毛玉たちは慌《あわ》てたように、物陰《ものかげ》へと飛び込んだ。先ほどまでの喧騒《けんそう》から一転、急に静かになる。

にゃあ、という細い鳴き声は、どの一匹《いっぴき》のものだったのか。

「さっき言ってた家族って……」

「うん、この子たちです。六年くらい前、このへんに流行《はや》り病とかありまして、両親はそのときに。姉もいたんですけど、その時にどこかに行っちゃいました」

――さらっと笑顔《えがお》で言うようなことではない、と思う。

「あ、寂《さび》しくはないんですよ？　この通り、家族は大勢いますから」

確かに、大した数だとは思う。静けさに悩《なや》まされることもなさそうだ。

「この国って、孤児院《こじいん》みたいなやつ、ないの？」

「あるけど、入れてもらえませんでしたねえ」

鼻歌交じりに裁縫《さいほう》箱を取り出すと、ちょいちょい、とリーリァの袖を繕った。

大した腕《うで》だと感心したら、慣れてますからと胸を張られた。

それで用事はおしまい……ではあったが、エマは構わず、湯を沸《わ》かすとお茶を淹《い》れ始めた。どうやらもうちょっと雑談に付き合っていけという話らしい。よしきた、とリーリァは思う。

「ほら、わたしの、この目。すごい色でしょう？　さっき言った流行り病の後遺症《こういしょう》なんですけど、街のひとたちに気味悪がられちゃって。いまさら感染《うつ》ったりはしないらしいんですけど、まあ嫌《いや》な思いをさせたくはないですし、ね？」

翠銀の瞳を細めて、あははと笑う。

その膝《ひざ》の上に、ぴょんと子猫《こねこ》が一匹飛び乗った。

「……きれいな色だと思うけど」

「そう言ってくれるひと、なかなかいなくて。リーリァさんに会えて嬉《うれ》しいです」

ああ、なるほど。たまたま街角でぶつかっただけの旅人を家にまで連れ込んだのは、そういう理由があってのことなのか。

「それだと、暮らしていくのも大変じゃない？」

「んー、それほどでも。おとーさんが大きな保険に入っててくれてたし、古網《ふるあみ》区画のほうの景気がよくて、わたしみたいな子供にも、おしごと色々あるんです」

「ふぅん……」

エマの瞳を、改めて覗き込む。

病の後遺症、と言われた。しかしその形容に違和感《いわかん》がある。

印象としては、描《か》きかけのキャンバス。何か精緻《せいち》な絵を描こうとしたのに、下絵だけ完成させた時点で絵の具が切れてしまったかのような。

これは……そう、呪《のろ》いの痕跡《こんせき》に似ている。人間を別の何かに変容させようとして、その過程で力が尽《つ》きてしまったならば、こんな感じになるだろうか。

「リ……リーリァさん、近いです！」

目の前に、子猫の腹を突《つ》き付けられた。

「あ、ごめん」

翠銀《すいぎん》に見入っているうちに、自分でも気づかないうちに距離《きょり》を縮めていたらしい。子猫（あったかい）を顔に貼《は》り付けたまま、リーリァは謝罪する。

「それで。リーリァさんは、どういうひとなんですか？　この国のひとじゃないですよね、ご両親が交易商でつれてきてもらったとか、そういうの？」

「ん？　んー……」

ちょっと考える。今の自分は、いったい何者なんだろう。

正規勇者《リーガル・ブレイブ》は休業中だし、わざわざ名乗りたくもないし、そもそも目の前のこの少女がその言葉を知っているとも限らない。だから、

「傭兵《ようへい》とか、用心棒とか……うん、そんな感じの誰《だれ》か、かな」

「お父さんが、ってこと？」

「ううん、あたしが」

「えっ」

まじまじと全身を見られた。

「……子供、ですよね？　わたしと、そんなに、違わない、ですよね？」

「いやー、それはそうなんだけどね。ほら、子供相手のほうがみんな油断するし？」

「でも、やっぱり、危ないんじゃないですか？」

「へーきへーき、あたし強いから」

にっ、と笑う。

ここまで嘘《うそ》はついてないぞ、と思う。「強い」などという言葉で雑にくくっていい領域の話ではないのだが、いちおう、言葉の意味は嚙《か》み合っているはずだから。

「はー。世の中、いろんなひとがいるんだなー」

感心したように言ってから、

「じゃあ。今度わたしが危ない目に遭《あ》ったら、助けてくれますか？」

「……どうかなー。商売だからなー、うかつな空手形は切れないなー」

「あ、そうか。いくらくらいです？」

「高いよー？」

冗談《じょうだん》めかして答えたが、実際、値をつけるならどんなものなんだろうとは思う。正規勇者《リーガル・ブレイブ》は人類の敵を倒す存在。特定の誰かを守る、などという戦いには使われないものだ。個人的に報酬《ほうしゅう》を受け取ってそれを曲げるなら、さて相場はいくらぐらいが適正か。

「お友達価格で、なんとかなりませんか？」

「あー、そうだね。じゃあその時は、格安で引き受けてしんぜよう」

「やった」

猫《ねこ》が一匹、足元にすり寄ってきた。

なんだおまえ。愛想《あいそ》を振《ふ》りまいてご主人様の商談を助けようって魂胆《こんたん》か。そんなぬるい媚《こび》で懐柔《かいじゅう》されるほどあたしは甘くないぞ。値切りたいならもっと本格的に甘えてくるがよい。さあ、さあ。かもんかもん。

なーあ。猫が鳴く。

「しばらく、この国にいるんですか？」

「え？　あー、たぶんね。用事がいつ終わるのか、ちょっと読めないんだけど」

個人的な好悪《こうお》を抜《ぬ》きにして、アデライードの腕を信じてはいる。が、ものがものであるだけに、楽観的なことを言ってもいられない。

「じゃあ、またお話に付き合ってください。リーリァさんの国の話とか、聞きたい」

「あ、えーと……うん」

少し迷ったが、結局は頷《うなず》いてしまう。

「わかった。また、近いうちにね」

「ん、約束」

翠銀色の瞳をわずかに細めて、エマは嬉《うれ》しそうに笑った。

6. アステリッドの工房《こうぼう》

悔《くや》しいのは、リーリァ・アスプレイの言葉が全面的に正しかったこと。

虚言《きよげん》を見抜かれ真正面から指摘《してき》された時に、何も言い返せなかったこと。

——本心じゃ、今すぐしっぽ増やして飛びつきたいはずだよ、アデライード。


ああもちろんその通りだ。

極位古聖剣《けん》セニオリス。

この世界にある『聖剣《カリヨン》』すべての原型のひとつ。

それらを人の手で模倣《もほう》し模造しようとしたことから『聖剣《カリヨン》』の概念《がいねん》が生まれた。何百年という時間をかけて、聖剣《カリヨン》自体は世の勇士たちに普及《ふきゆう》した——にも拘《かか》わらず、いまだ正確な模倣は果たされていない。

セニオリスはいまだ最強の一振《ひとふ》りであり、その位《くらい》に並ぶ剣は、同じ極位古聖剣以外に存在しない。

ひとりの技術者として、惹《ひ》かれないわけがないのだ。

†

つぶやきとともに、軽く励起《れいき》させた触媒石《しょくばいせき》で、刀身の中ほどに触《ふ》れる。

かこん。組木細工がほどけるような小さな音とともに、刀身を構成している金属片《へん》のひとつが浮《う》き上がり、宙を滑《すべ》り、少し離《はな》れた中空へと移動する。澄《す》んだ金属音が響《ひび》く。少しずつ遅《おく》れて、他《ほか》の金属片も後に続く。四十一度の金属音が鳴る。アステリッド家所有の工房いっぱいに、まるで星空のような輝きをもって、セニオリスのかけらが散る。

アデライードは、ぐるりと首を巡《めぐ》らせて、その星空を見渡《みわた》す。

「……うわ、何これっ⁉　呪力線《じゅりょくせん》ほとんど呪《のろ》いに喰《く》われてるじゃない。脊髄《せきずい》経路も根腐《ねぐさ》れ寸前だし‼　うそでしょ、なんでこれで自壊《じかい》しないでいられてるわけ⁉」

細い指先が、手元に残った水晶《すいしょう》片を撫《な》でる。

「ざっと見た感じじゃ……普通《ふつう》。ううん、シンプルな部類とまで言っていいのに」


「調整、開始」

聖剣《カリヨン》と呼ばれる武器の構造は、一般《いっぱん》に言われる剣のそれとは、大きく異なる。

鋳型《いがた》に液状化した金属を流し込んで造るのでも、金床《かなとこ》と鎚《つち》で叩《たた》いて鍛《きた》えるのでもない。大小さまざまな護符《タリスマン》を何十と集め、呪力線で繋《つな》ぎ結びあわせて、刀身の形状へと封《ふう》じ込める。無理やりにひとつにまとめられた護符《タリスマン》たちは互《たが》いに干渉《かんしょう》し合い、計算された誤動作を起こし、本来のそれとはまったく違う機能を発揮するに至る。

この事情は、セニオリスにおいても変わらない。むろん、後続の聖剣《カリヨン》のほうがそのセニオリスの構造を模倣しているのだから、当然の話なのだが。

「いや、むしろ何かが足りてない……聖剣《カリヨン》として成立すらしてないようにも見えるんだけど……でもこれでちゃんと完成はしてるんだよね、どういうことだろな……」

ぼんやりとあたりを見回して、

「叔父《おじ》さん？　どうかした？」

すぐ傍《かたわ》らの男が、ずっと沈黙《ちんもく》を守っていることに気づく。

「どうということもないがね。当家の誇《ほこ》る天才技師が分析《ぶんせき》中なんだ、私ごときが改めて何かを言い足すまでもないだろう」

「そりゃまーそーだけど、独りで感動してるのも寂しいっていうかさー」

「才能とはそういうものだ。凡人《ぼんじん》にできることは、下手《へた》に口を挟《はさ》まず、集中を乱さないよう心がけることくらいだな」

「……うーん」

とぼけるようなヨーズアの口調に、アデライードはそれ以上を要求できない。

「洗浄《せんじょう》は、できそうか？」

「生きてる呪力線が足りないから、正攻法《せいこうほう》じゃ難しいかな。二カ所……ううん、四カ所くらいは同時に張り替《か》えないといけない。帝都《ていと》の工房が諦《あきら》めたってのもわかるよ」

「前提確認《かくにん》はいい。洗浄は、できそうか？」

同じ問いを繰《く》り返された。

「できるよ。わたしにならね」

両手を前に投げ出し、天井《てんじょう》を仰《あお》ぐようにして答える。

「それが聞きたかったんでしょ？」

「ああ……、そうだ」

ヨーズアは、感情を読みにくい声で頷いた。

「極位の聖剣は本当に扱《あつか》いが難しいからな。うまくやれるなら、それでいい」

「ん？」

少し、その言い方に引っかかった。

セニオリスという特定の一振りではなく、極位古聖剣という枠組《わくぐ》みに関しての言及《げんきゅう》。まるで、他の古聖剣についても関《かか》わったことがあるかのような。

そんな話は聞いたことがない。だから気のせいだろうとは思うけれど。

「進行の無事だけ確認できれば、あとは安心して任せられる。私は事務所に戻《もど》ろう」

「ん。わたしはしばらくココにこもるから、書類仕事とか、全部よろしくね」

「そこまで嬉しそうに言われたら、仕方ないな」

苦笑《くしょう》の形に唇《くちびる》を曲げてから、言葉の通り、ヨーズアは工房を出ていく。

――奇妙《きみょう》だ、と感じる。

聖剣《カリヨン》は、「選ばれし者にしか使えない」武器である。そしてその「選ばれる」の基準は、普通の人間にはちょっと理解しがたい、聖剣《カリヨン》ならではの何らかの基準で定められているものらしい。

まったく扱えない者が大勢いる一方で、低位の聖剣《カリヨン》ならなんとか扱える者、中位の聖剣《カリヨン》まで問題なく取りまわせる者、高位の聖剣《カリヨン》まで自由に扱える者と様々だ。そこには男女の別やら年齢《ねんれい》の差やら経験の多寡《たか》などは一切《いっさい》関係ないらしい。生まれつきでほぼ決まってしまっているものであり、訓練などではどうにもできない。ごくごく稀《まれ》にこの適性が変化した例も無いわけではないのだが、そのどれもが、ほとんど生まれ直すような劇的な体験を経てのものであるらしい。

さて、セニオリスを含《ふく》む極位古聖剣は、その例外である。というか、数ある聖剣《カリヨン》の中でも今の法則に当てはまらない五振りこそが、極位古聖剣である。

他の聖剣《カリヨン》との適性とは関係なく、それぞれに独立した基準というか、使用者の好みを抱《かか》えているのだ。具体的なところはざっくりとしか知られていないが、モウルネンは前使用者が心から信頼《しんらい》する仲間、スィーレンは特定の彗星《すいせい》が見える夜に生まれた者、ヤニオリスはいかにも勇者っぽい勇者にしか扱えない、などと言われている。

勇者っぽい勇者って何だよ、とこれまで多くの者が頭を抱えながらセニオリスに挑《いど》み、そして拒《こば》まれてきた。歴代の正規勇者《リーガル・ブレイブ》の中ですら、ほんの数名しかその資格を得られなかったと聞く。

そのへんまでは別にいいのだ。問題は、その後。

「これ……もしかして、そもそも欠陥品《けっかん》なんじゃ……」

セニオリスを構成する護符《タリスマン》の数は四十一。しかしアデライードの分析では、制御核《せいぎょかく》となる水晶は、四十二のパーツを要求しているように思えるのだ。セニオリスが聖剣《カリヨン》として機能をするためには、あとひとつの護符《タリスマン》、または護符《タリスマン》に相当する何らかのパーツが必要になるはずなのだ——

背後、扉《とびら》が叩かれる小さな音。

最初は三度。そして、わずかに時間を挟んでから、二度。

ゆっくりと、慎重《しんちょう》に、アデライードは工房を見回す。

誰《だれ》の姿もないことを確認する。

「ドアの下」

小声で、そう言葉を投げた。

すぐに、扉の下の隙間《すきま》から、薄《うす》い封筒《ふうとう》が差し入れられてくる。

扉の外の気配が、遠ざかってゆく。

「今は、こっちに集中したいとこではあるんだけど」

立ち上がり、分解状態のままのセニオリスを放《ほう》って、そちらへ向かう。封筒を拾い上げて、中身を検《あらた》める。

「こっちを後回し、ってわけにもいかないからなあ」

中に収められていた書類の一枚目に描《か》かれていたのは、にいいと笑う口元だけが白く抜《ぬ》き取られた、黒猫《くろねこ》のシルエット。そして二枚目以降には、簡単な似顔絵も添《そ》えられた、何人かのバゼルフィドル市民の個人情報。

　笑い猫の、調査報告。

「――もしかしてとは思ってたけど、やっぱりこの子が鍵《かぎ》になったか。しかもそのことに向こうも気づいた。となると、すぐに動く？　それとも、もう少し機を待つかな？」

　ぱらぱらと目を通した後に、アデライードはその書類を封筒ごと暖炉《だんろ》に投げ入れる。見る間に形を失い、灰へと変わっていく。

　その炎《ほのお》を見つめたまま、少女はうっすらと笑う。

「悪いことは先手必勝――だよ、ね」

X. 神片精霊《しんぺんせいれい》カイヤナイトの願望（1）

　これは、遥《はる》か過去の物語。

　あらゆる記録から消えて、あらゆる記憶《きおく》からも忘れられた――

　遠い、本当に遠い、昔のことである。

世界の万物《ばんぶつ》には、存在する理由がある——

かどうかは、正直、知ったこっちゃないのであるが。少なくともその精霊には、それがあった。存在の理由にして目的にして意義である悲願が、それの存在を支えていた。

それは、願いの精霊。

後の世には願望成就系能力《リアライザー》などと呼ばれる現実改竄《かいざん》能力を内に秘《ひ》め、それを行使することだけを目的として存在する、精霊の一種である。

†

『——この魔窟《まくつ》の底に至り、我を見出《みいだ》した其方《そなた》には、力を行使する資格がある』

精霊は、厳《おごそ》かに告げた。

『願いを言え、若き者よ。如何《いか》なる願いであれ、我《われ》は聞き届けよう』

精霊は、人間という生き物を知っていた。肉体を持つ様々な生物の中でも、それは実に多彩《たさい》な欲を持つに至った、欲望のエリート種族である。食欲やら睡眠《すいみん》欲やらといったベーシックなものに始まり、異性を求めたり他者の評価を欲《ほっ》したり、場合によってはただ他者を蹴《け》り落とすことだけを求めたり。

だから、確信していた。あらゆる人間は、この誘惑《ゆうわく》を撥《は》ねのけられないと。

「んあー」

果たしてその青年は、眠《ねむ》たいような疲《つか》れたような目で精霊のほうを一瞥《いちべつ》すると、

「いま忙《いそが》しいから、また今度な」

ぷいと横を向いて、そう答えた。

『……いや待て。それはどういう意味であるか』

「どうもこうもねえって。なんつったかな、太陽のなんちゃらとかいう秘宝を回収しねえとこの魔窟から出られねえんだよ。もう三日も潜《もぐ》りっぱなしでいい加減疲れた、さっさと仕事終わらせて帰ってシチュー食って寝《ね》たい」

『太陽の七光石か？　それならばこの奥に棲《す》む琥珀獣《こはくじゅう》が寝床《ねどこ》に固めていたと思うが』

「お。まじかよ、情報提供サンキューな。助かった助かった」

『う、うむ、礼には及《およ》ばぬ――』

ひょこひょこと軽い足取りで精霊のすぐ横を抜けて、青年は奥へと進もうとする。

『――ではない！　待て、待たぬか！　願いだ、願いを言っていけ！』

「あー？」

青年は面倒《めんどう》そうに首を巡《めぐ》らせて、

「つってもなぁ、今は特に……ああ、いま知りたいこと教えてもらったし、そいつが願いだったたってことで」

『通らぬわ！　それでは、我が力をまるで行使していないではないか！　もっとこう、神秘の力を駆使《くし》せねば達成できぬような願望をだな！』

「とか言われてもな……すぐに思いつくもんじゃねーだろ、そんなの」

『すぐに思いつけ、その程度のことは！　人間であろうが！』

何かがおかしい、と精霊はようやく理解した。人間といえば、欲望を煮詰《につ》めてゼラチンで固めたような生き物であったはずだ。ちょっとナイフを入れれば、血や肉の代わりにドス黒い願望があふれだすはずだった。

なのに目の前のこの青年は、なかなかその内側を見せてくれない。

「人間にもそれぞれ、向き不向きってもんがあんだよ。悪《わり》ぃが、他《ほか》をあたってくれ」

『他などいるか、この地に至れた人間など、これまで其方の他にいない！』

「……まあ、そりゃそうかもだけどなあ」

『力はどうだ、すべての人類を超越《ちょうえつ》する最強の力を与《あた》えてやれるぞ』

「ああ、そういうのは間に合ってる」

『富や名誉《めいよ》でも、人望でも理想の女でも、思うがままだ』

「そういうの、他力本願で手に入れると堕落《だらく》すると思うんだよな」

『今すぐ地上に戻して、シチューどころか贅《ぜい》を尽《つ》くした晩餐《ばんさん》を』

「あんま金かかったの食うと腹壊《こわ》すんだよ俺、貧乏《びんぼう》腹だから」

ああ言えば、こう言う。

「だいたい、俺、最初から言ってんじゃねえか。保留してくれって。願いを叶《かな》えるっていうなら、まずこいつを聞き届けてくれよ。ていうかそれで終わりでもいいんだぜ？」

『冗談《じようだん》を言うな』

下劣《げれつ》な悪魔《あくま》ではないのだから、言葉尻《ことばじり》を捉《とら》えるようなことはしない。そんなことをしても意味はない。誰かの願いを叶え、変わった後の現実に満足させないことには、願いの精霊としての存在意義に――あるいは沽券《こけん》に関《かか》わる。

「なら、ちょっとくらい待てってて。どうせ、何百年だか何千年だか、長いことここで待ってたんだろ？　あと数年くらい、軽いもんだろうが」

『それは、確かにその通――いや待て、数年も待たせるつもりなのか？』

「聞き流せよ、そういう細かいのはよ」

『どこが細かいというのだ、其方本当に常命の人間か⁉』

願望成就系能力《リアライザー》。

読んで字の通り、願望を、そのまま現実のものにする神秘である。

特筆すべき点としては、そこに経緯《けいい》や過程は必要ないということがあげられる。たとえば「あいつを転ばせたい」という願いがあったとき、普通《ふつう》の人間ならば草を結んだり紐《ひも》を張ったりするだろう。魔法や呪術《じゆじゆつ》の類《たぐい》を使える者であっても、足首を麻痺《まひ》させたり平衡《へいこう》感覚《かんかく》を狂《くる》わせたりといった現象を起こし、間接的に目的を達そうとするはずだ。つまり、「転ぶ」の原因を作ることで結果を生み出そうとする。しかし願望成就系能力《リアライザー》を用いた場合、そういった準備は一切《いつさい》必要ない。仮に相手が眠っていたり空を飛んでいたりしても、容赦《ようしや》なく「転んでいる」という状況《じようきよう》に持ち込むのだ。

理屈《りくつ》としては、世界そのものの恣意的《しいてき》な上書きであるとされる。星神《ヴイジトルス》による世界創造の際に使われた御業《みわざ》の、かすかな残《のこ》り香《が》のようなもの。

そしてこの精霊は、かつてあらゆる願いを叶えるとされたハルクステン始祖神像、七百二十六に砕《くだ》かれたそれの、右の瞳《ひとみ》として埋《う》められていた最後のひとかけらである。かつてとは比較《ひかく》にならないささやかなものとはいえ、この願望成就系能力《リアライザー》を司《つかさど》る精霊としての最低限の力は残されているのだ。

持ち主の願いを叶えることが自分たちの存在理由であり意地である。これを果たせないようでは、七百二十五片の同胞《どうほう》にして先人たちに申し訳が立たない――と。

『名を教えろ』

「……んあ。お前が願いを言うのか。そういうのもアリなわけ？」

『違《ちが》う。いつまでも其方其方では都合が悪いから、どう呼べば良いのかを教えろと言っているのだ。我が力とは関係ない』

「なんだよ、ついてくる気かよ」

『当然だ、今さら其方を逃《に》がすわけにはゆかぬ。その願い、我が名カイヤナイトと始祖神の御光にかけて、必ず聞き届けてみせる』

「しかもどさくさ紛《まぎ》れに自分の名乗りを済ませるかよ。案外抜け目ねえなお前」

『いいから其方も名乗れ。何度も其方其方と呼ばせるなと言っているのだ、分かっているのか其方』

「楽しくなってないかお前？」

はあ、と嘆息《たんそく》してから、男は藍晶石《カイヤナイト》を名乗る精霊を振《ふ》り返って、言う。

「俺に名前は無《ね》えよ、ずっと昔に無くした。周りの連中からは、〝勇ある者《ザ・ブレイヴ》〟だの

〝古くを識る者《セニオル》〟だのと呼ばれてる」

『……異名にしても、随分《ずいぶん》と奇妙《きみよう》だな？』

「言うなよ、地味に気にしてんだ」

ぼやきながら、青年はまた歩き出す。

精霊は、ふわりとその物質体《からだ》を浮《う》かべると、青年の後を追う。長年その身を留めていた魔窟の底を離《はな》れて、一人の人間の人生を辿《たど》り始める。

二人（と数えたものかは難しいところだが）の旅は、そうやって始まった。

†

これは、遥かな過去の物語。

人類を守護する勇者《ブレイブ》という概念《がいねん》が未《ま》だ無く。

人類が強大な敵に抗《あらが》うために手にする力である聖剣《カリヨン》が未だ一振《ひとふ》りも存在しない。

そんな黄昏《たそがれ》の時代に、確かに存在したはずの物語。

『海の上の島の中の』

- in the heart of the sea -

1. 四日目の朝

たぶん、良い夢を見ていたのだろうと思う。

目覚めの瞬間《しゅんかん》、とても気分がよかったから。

「………」

頬《ほお》に何やら柔《やわ》らかい感触《かんしょく》。

ぼんやりと目を開き、ぬいぐるみの腹に抱き着《だ》いている自分に気づく。眠《ねむ》りについた時には胸に抱きしめていたはずなのだが、無意識に姿勢を変えていたらしい。

「………」

まあ、いいか。

生地《きじ》がいいのだろう、頬に伝わる感触はなかなかに心地《ここち》の良いものだった。夢見がよかったのもこのおかげかもしれない。ぬいぐるみのデザイン——黒髪《くろかみ》の少年——にだけは不満があるものの、そこは目をつぶってやらなくもない。寛大《かんだい》な心で。

「………にへぇ」

よだれがこぼれそうなほどに表情をゆるめて、ぬいぐるみに頬ずりしていると、シリルと目が合った。

「………」

「なんだ、起きてるじゃないですか」

いつも通りの、つまらないものを見る顔。淡々《たんたん》とした声。

「えと」

「ノックしても返事がないから入りましたが」

「……違、えと、これはね」

「もう陽《ひ》が出ていますし、朝食に行きましょう。下で待ってますから」

ぱたん、扉が閉まる。シリルの姿が消える。

すっかり覚めてしまった目で、状況を確認《かくにん》する——むろん、改めて確認しなければいけないような複雑な状況ではないのだが、そうせずにはいられなかった。

そこは、アステリッド家が手配した、宿の一室だった。空疎《くうそ》ではない程度に広くて、不愛想ではない程度に簡素で、悪趣味《あくしゅみ》ではない程度に豪華《ごうか》。十三の少女にはかなり大きなシングルベッドの上、白いシーツにくるまって、自分は痴態《ちたい》を晒《さら》している。

顔が燃えた。

「うわあああ」

お前のせいだとばかりに、ぬいぐるみをぼすぼす叩《たた》く。全力でやったら破裂粉砕《はれつふんさい》間違《まちが》いなしなので、もちろん手加減する。羽毛に触《ふ》れるような繊細《せんさい》なタッチで、ぼすぼすぼす。ぬいぐるみの顔が「おいやめろ」と言わんばかりに歪《ゆが》む。うるさいだまれ知ったことかお前が全部悪いんだ。ぼすぼすぼす。

うわあああああ。その声を背中と扉越《とびらご》しに聞きながら、

「お子様」

廊下《ろうか》のシリルは重い息を吐《つ》いた。

†

——バゼルフィドル国に入って、もう、三度目の朝である。

宿から少しだけ離れたカフェに入り、朝食を摂《と》った。

パンとサラダと、バスケットいっぱいの小魚のフライ。少しだけふくれた腹を抱《かか》えて、朝の街中を歩く。

「元気がありませんね？」

先ほどのことを思い出し、肩《かた》が小さく揺《ゆ》れる。

「え」

「今朝は、あまり食欲もないようでしたけど。昨日までに比べて」

ふだん帝国《ていこく》の、しかも中央部を中心に生きていると、魚を食べる機会が少ない。新鮮《しんせん》なものとなるとなおさらだ。これを機にとばかりに、毎日、ふだんよりちょっとだけ多めの量を堪能《たんのう》している。

それに比べると、確かに今朝の自分は、控《ひか》え目だったかもしれない。

「いやいや？　そんなことないよめちゃくちゃ元気だよ。今すぐパンチ一発で大地を割ったりできちゃうよ？」

「非常に迷惑《めいわく》なのでやめてください」

もちろん、実際にやるつもりはない。やればできるだろうとは思うけど。

「それで、先ほどの話ですが」

「どれ？」

「今日はどうするか、の話です」

そんな話をしていたのか。聞き流していた。

「セニオリスの浄化《じょうか》は始まっていますが、まだ終わるまでしばらくかかります。適当に時間を潰《つぶ》せとは言われていますが」

「ま、言われた通りにしてるしかないんじゃない。あたしは異論ないよ」

歩きながら両手を振《ふ》り上げて、うーん、と大きくのびをする。

「あたしが戦わなきゃいけないような怪物《モンストラス》もいないし、ごはんもおいしいし。ああ、今日も世界は輝《かがや》いている！」

「安い世界ですね」

嘆息《たんそく》。

「てなわけで、今日こそとりあえず観光かな。アステリッドの縄張《なわば》りから出たらまずいだろうし、欲を言えば、そのへん詳《くわ》しいガイドの一人も雇《やと》いたいところだけど」

「まったく、呑気《のんき》な」

「大人しく宿にこもってろ、とか言い出す？」

「もういいです、節度を保って好きにしてください。脱走《だっそう》されるよりはましです」

再び嘆息。

「そういえば、勇者《ブレイブ》って、日課の修行《しゅぎょう》とか特になにいんですか？　ここまでの道中でも、特別なことをしている様子はありませんでしたが」

「うんまあ、あたしの場合はね。人間としての努力をやりすぎると、せっかく『人間離《ばな》れ』してる部分が薄《うす》れてくるんだってさ、ししょーいわく」

「はぁ」

わかるような、わからないようなという顔。

「いやそんな顔しないでよ。あたしだって、気味悪い話だなーとは思って――」

歓声《かんせい》。

周りより一段低くなっている広場のような場所と、そこに集まる人々を見た。

百を超《こ》える数の男女が、何やら年季の入った木造りのステージの前で、どよどよと落ち着かない様子で簡素な椅子《いす》に座っている。

「何だろ」

足を止め、落下防止の柵《さく》から軽く身を乗り出して、ステージを見下ろす。すべてを見るには角度的に厳しかったが、何が起きているかを観察するだけならば問題ない。

「危ないですよ」

「へーきへーき。演劇？　いや、朝の競《せ》り市かな？」

「ああ、それは多分……」

舞台《ぶたい》の袖《そで》から、真っ白な上下を着込んだ禿頭《とくとう》の男が現れ、たどたどしい口調で何かを言っている。声を出し慣れていないところを見れば、役者や司会などではなさそうだが。

「……奴隷《どれい》市、ですかね」

「は？」

淡々と奇妙《きみよう》なことを言うシリルの横顔を一度見てから、もう一度ステージを見下ろす。

「え、あれが？　人身売買の現場？　そういうのアリなの、この国？」

リーリァの故国には、そういう制度はなかった。

かつては帝国にも同様の制度はあったが、二十年ほど前に完全に駆逐《くちく》されたとされている。人道に反するという題目はもちろん掲《かか》げていたが、もちろんそれだけが理由ではないだろう。周辺の小国を吸収しながら領土を広げていくにあたり、臣民に格差を作り治安を悪化させる制度が邪魔《じやま》になっただけだという見方が強い。

人を、人ではないものとして扱《あつか》うという風習は、人が人を統治する国において深刻なひずみを生む。閉鎖《へいさ》的なコミュニティの中であればそれも維持《いじ》しやすいかもしれないが、人類の生活圏《けん》が広がりいろいろと開けてきた今の時代、それも現実的ではない。

むろん、人の歴史は闇《やみ》の歴史である。表向き根絶されたとはいえ、あるいはだからこそ、闇取引は絶えていない。リーリァ自身も、帝国の闇に巣食った、人身売買組織の壊滅《かいめつ》に関《かか》わったことが一度ある。あの時には、多少、苦労した。

「……少し誤解があるようですが」シリルは続ける「あなたが思っているようなスタイルの『奴隷』とは少し違《ちが》うと思いますよ」

ステージでは、競りが進んでいる。

客が手を挙げて、何かを言う。他の客が手を挙げて、何かを言う。その進行を務めているのはステージ袖の小男だが、これは奴隷商というより、本当にただ進行のために雇われているだけといった風体《ふうてい》だ。

やがて、一組の老夫婦が、男を落札したらしい。ステージの男は深く頭を下げると、老夫婦とともに奥の小屋へと退く。

「各地から集まった遭難者《そうなん》、遠洋漁師や海兵や海賊《かいぞく》の良識が混ざった場所ですからね。金銭で自由の一部は奪《うば》いますが、人としての権利と尊厳は奪えません」

「詳しいね」

「調べてきましたから」

次に壇上《だんじょう》に上がったのは若い娘《むすめ》だ。元気に両腕《りょううで》を振り回して、自分がいかに使える人間であるかをアピールしている。掃除《そうじ》します洗濯《せんたく》します漁もしますネズミも獲《と》ります。三食食べられればおやつのつまみぐいはしません。

「従業期間中の給金も出るし、それを貯《た》めれば自分自身の買戻《かいもど》しもできる。非人道的な扱いをすれば、主の側が訴《うった》えられることもある。最初にまとまった金額を先払《さきばら》いする使用人のようなものですね」

「……ほおー」

話を聞いても、ピンとは来ない。が、目前で行われている商取引には、自分の知る奴隷売買の持つ薄暗《うすぐら》い雰囲気《ふんいき》がまるでないことは事実だ。

「中には主に気にいられて、そのまま養子に入ってしまう奴隷もいるという話ですよ」

(うまく回ってる制度、ではあるわけだ)

自由を売り渡《わた》していることに変わりはないわけだし、人道的に感心できる制度とまでは思えないけれど、それはつまり、なんだかんだで自分が帝国側の考え方をしているからだろう。世界は広くていろんな考え方があって、誰《だれ》が何を良しとするかは人の数だけのバリエーションがあるわけで。よそ者の狭《せま》い知見で善悪を問うべきではない。

「広いな、世界」

軽く反動をつけて、柵から離《はな》れる。

「ちなみにバゼルフィドルから連れ出してはいけないそうです。おみやげに美少年を二、三人買って帰ろう、とかはナシですよ」

いらんいらん、と答えようとしたところで、

「え、奴隷買うんですか、リーリァさん」

ひょっこりと、すぐ隣《となり》に、見覚えのある顔が飛び込んできた。

濡《ぬ》れたような翠銀《すいぎん》色の瞳《ひとみ》が、いたずらっぽく光っている。

エマ・コルナレス。先日会ったあの少女が、また目の前にいる。


（……ん？）

違和感《いわかん》。いや、予感。

どこか焦燥感《しょうそうかん》に似た、不思議で奇妙な衝動《しょうどう》のかけら。


気のせい、だろうか、と。

「よく考えたほうがいいですよ、奴隷契約《けいやく》のとき、国に書類を出すんですけど、買う側のほうに厳しい規則がたくさん書いてあるんです。違反したら牢屋《ろうや》ですよ、牢屋」

「いやエマちゃん、そうじゃないから」

突然《とつぜん》の再会に驚《おどろ》く時間も、奇妙な直観に戸惑《とまど》う暇《ひま》もない。そんなことをしている間に、

とんでもない誤解が定着してしまう。慌《あわ》てて手を振って、

「美少年とかほんといらないから。自慢《じまん》じゃないけどあたし動物の類《たぐい》を飼うのはちょっと苦手だし、どっちかっていうと頑丈《がんじょう》さとか使いべりのしなさとか、そういう要素を優先して選びたいかなって」

自分でも何を言っているのかわからなくなってきた。言い訳の方向性を間違えたような気もする。

「わかってますよリーリァさん、冗談《じょうだん》です」

「だよね？」

安心した。

「リーリァさんにはちゃんと、気になってる『知り合い』の人がいるんですから」

「それも深刻な誤解だからね？」

安心できなかった。

そちらの誤解もどうにかしなければと改めて口を開いたところに、

「おや、お友達ですか」

横からシリルが割り込んできた。

「遠い異国の地だというのに、いつの間にそんな友誼《ゆうぎ》を」

「リーリァさんのお連れの方ですか？　はじめまして、エマといいます」

「これはこれはご丁寧《ていねい》に。彼女の臨時監視《かんし》役のシリルです」

「え？　えと……臨時……なんとか……？　ですか？」

「そういう仕事です」

「残念、お連れ、女性の方なんですね。話題の『知り合い』の方ご本人かなーってちょっと期待したんですけど」

いやいやいや、

「あれはあれで、気になってるとかじゃないから」

思わず割り込んでしまう。

「そういう言い方されるから気になるんですよぉ」

「お二人とも、ずいぶんと親しいご様子ですが」

シリルの顔が、どういうことだと、説明を求めてこっちを向いた。

リーリァの首が、どうにもこうにもと、説明を諦《あきら》めて左右に振られた。

「あー……シリルのことは置いといて。今日は買い物？」

話題を変えようと思った。

「あ、はい。今日ちょっとお客様が来るから、お茶でもと思って」

「そりゃ残念」

エマの首が、「残念って?」とかしげられる。

「あたしたち、今日ちょっと時間が余っちゃってさ。せっかくだし、地元の人に案内頼《たの》んでこの辺りぶらつきたいなーとか思ってたんだけど」

「ああ!」納得《なっとく》の顔「そういうことなら、ちょっと待っててもらえますか? お客様の来る時間までまだありますし、その前までだったらお付き合いできます」

「おっ」

「あ、でも……」

少し気恥《きは》ずかしそうにうつむいて、

「行きつけのお店とか、そういうのはないんです。ごめんなさい」

それじゃ荷物だけ小屋に置いてきます、すぐに戻ってきますね——と、そう言ってエマは小走りに去っていった。

「勝手に今日の予定を決めないでください」

「ん、他《ほか》にやりたいことあった?」

「ありませんが、そういうことでもなくて。話の進め方が急ですよ。何か、焦《あせ》るようなことでもありましたか」

あった。……というわけでは、ないのだが。

思い出されるのは、先ほどの、奇妙な感覚。

「ちっと、嫌《いや》な予感がしただけ」

「予感。あれですか、話に聞く、勇者《ブレイブ》のみが継承《けいしょう》できるという未来予知魔法《まほう》」

「違うよ、いろいろと」

厳密には魔法などではないのだが、そういう技《わざ》は、確かにある。時間そのものを俯瞰《ふかん》して先見の視界を得る戦技。

しかし今回のこの予感は、そんな明確な理屈《りくつ》の上にあるものではない。

「ただ、ちょっと、あの子が気になっただけ。まずかった？」

「いいえ、そうではないですが。むしろ、私も気になるからこそ――」

シリルは眼鏡《めがね》の位置を直す。

「いえ。考えすぎでしょう。お酒のおいしい店が教われるといいんですが」

「あんた、子供に何を求めてんだ」

「この国では、未成年の飲酒も合法ですよ。なにせ地面から水が湧《わ》きませんからね。水の代わりに飲めて保存も利《き》く、そんな便利な飲み物に制限がかけられるはずもなく」

淡々《たんたん》と何を言ってんだこの女。

「まあ――いいけどさ」

ぼやきながら、エマが走り去った方向、彼女の小屋のあるほうを見やる。

あの妙《みよう》な胸騒《むなさわ》ぎは、膨《ふく》らみも萎《しぼ》みもせず、ただリーリァの内に蟠《わだかま》っていた。

†

――太陽が昇《のぼ》って。

傾《かたむ》き始めて。

それでも、エマは戻ってこなかった。

†

「まさか」

そう思って、海辺の小屋へ向かった。

扉《とびら》が開け放たれていた。

一歩を踏《ふ》み入れる。にゃあにゃあと悲鳴をあげて、色とりどりの毛玉が部屋の隅《すみ》へと逃《に》げてゆく。

「──エマ、ちゃん──？」

広い小屋ではない。部屋も目の前のひとつきりしかなく、調度だって最低限に近い。死角らしい死角がない。さらに言えば、物陰《ものかげ》にいようが息を殺していようが、そこに誰かがいるならば、リーリァは見逃《みのが》さない。

床《ゆか》に、茶色の何かが散らばっている。ぶちまけられた、紅茶の葉。

その隙間《すきま》、目立たずかすかににじむ、小さな──けれど新しい、血の跡《あと》。

「エマちゃん!?」

にゃあにゃあという大合唱。相変わらずの賑《にぎ》やかな小屋。

黒髪《くろかみ》の少女の姿だけが、どこにもなかった。

2．アステリッド商会の事情

「いつまで、あんな小娘《こむすめ》をボス扱《あつか》いしなきゃいけないんですか」

部下の聞き慣れた愚痴《ぐち》を、ヨーズア・アステリッドは苦笑《くしょう》して受け止める。

「そう言うな。アデライードには、充分《じゅうぶん》な実績と才能がある。それが一番大切なことだ」

「それは、あなたがボスになれない理由になっていない、ヨーズアさん。上に立つ者としての実績も能力も、あなたのほうが優《すぐ》れているはずだ」

「……だとしてもだ」

表情を引き締《し》め、喋《しゃべ》り過ぎる部下を黙《だま》らせる。

「組織の構成員として、許される言葉とそうでない言葉がある。要《い》らぬ波風を起こそうとするのは感心できないぞ」

「ヨーズアさん」

部下は口ごもりながらも、言葉を止めない。

「あんたが立てば、みんなついてくる」

「当面私にそのつもりはないよ。それが全《すべ》てだ」


アデライード・アステリッドの出自には、謎《なぞ》がある。

アステリッド家の前ボスが、六年ほど前に「隠《かく》し子だ」と言ってどこかから連れてきたのが、当時十一だった彼女だ。

その時点の彼には嫡子《ちゃくし》どころか正妻もいなかったため、周囲はどよめいた。

バゼルフィドルは、複数の組織の勢力がギリギリの均衡《きんこう》を保つことで維持《いじ》されている国だ。自然と、その組織の長《おさ》に「家族がいる」ということは、多くの波紋《はもん》を投じることになる。無数の敵が内外から湧いてきた。身柄《みがら》を、あるいは命を幾度《いくど》となく狙《ねら》われた。

幼かったアデライードの身を護《まも》ったのは、最終的には、彼女自身の実力だった。

アステリッド家の本来の稼業《かぎょう》は護符《タリスマン》工房《こうぼう》であり、彼女には技師としての才能があった。明るい性格と愛嬌《あいきょう》で、広報的にも大きな働きをした。彼女の働きが工房の業績を大きく引き上げたことで、少なくとも身内からは、表立った攻撃《こうげき》を受けることが減った。

ボスの座を継《つ》ぐことになった時にも、大きな騒動《そうどう》になった。昼夜を問わずに命を狙われる日々が続いた。今は副《アンダー》ボスの座に収まっているヨーズアも、当時アデライードと対立していた一人だった。

最終的に、対立勢力をヨーズアがまとめて吸収し、アデライードの下につくことで騒動は決着した。それが、今からほんの半年ほど前のことである。

だから彼の周囲には、現状に不満を感じる者も少なくない。

彼らは最もこの家のことを理解し、尽《つ》くしてきた者こそが先導者となるべきだ――そう主張し、曲げようとしない。ヨーズアの人望、だけではない。女が組織の長となることに抵抗《ていこう》を感じる者、たかが十七の子供に従えられることが耐《た》えられない者も、口々に似たようなことを言う。

「――ボスに従えないというならば、この組織を去ってもらうしかないぞ」

ヨーズア自身がそう宣言し、アデライードを支え続けているからこそ、アステリッド家という組織は今の形で維持できている。


正式名称《めいしょう》、総合事務長室。

通称《つうしょう》、副《アンダー》ボス部屋。その名の通り、商会の代々の副《アンダー》ボスに与《あた》えられるはずの個室。

実質上、ヨーズアひとりのプライベートルームのようなものだ。

軽く散らかったその部屋に踏み入り、後ろ手で扉に鍵《かぎ》をかける。

頭を掻《か》きながら自分の机に向かう――途中《とちゅう》で、その足を止める。

窓が、かすかに開いている。

手近な本棚《ほんだな》から一冊を抜《ぬ》き出し、窓に近づく。

「――ここには近づくなと言っているだろう」

本を読んでいるふりをしながら、低い小声で、窓の外へと囁《ささや》く。

「今すぐお前に売りたい情報がある、ヨーズア・アステリッド」

その声は、耳元でささやくように聞こえた。この情報屋一族が伝える特殊《とくしゅ》な発声法で、盗《ぬす》み聞きされる心配が少ないという話だが、どうにも生理的に気色が悪い。

「鮮度《せんど》が命だ。価格はアオロク、今すぐ買うか否《いな》かを決めろ、ヨーズア・アステリッド」

「無茶《むちゃ》を言う。中身の分からない商品に大金を出せと？」

「いくら出しても元のとれる商品であることは保証する、ヨーズア・アステリッド」

まるで商談になっていない。名前を連呼されることへの不快も手伝い、ヨーズアは軽い苛立《いらだ》ちを覚える。しかし同時に、この情報屋にそこまで言い切らせるほどの、商品とやらの中身に対する興味も湧く。

「……買おう」

「素早《すばや》く、正しい決断だ。お前は必ず私に感謝するだろう、ヨーズア・アステリッド」

「能書きはいい、商品を寄越《よこ》せ」

「アデライード・アステリッドが、私兵を使い、子供を一人保護した。以前にお前が探していた候補者とやらのリストの中にいた子供だ」

すぐには、言葉の意味が、理解できなかった。

惚《ほう》けたような沈黙《ちんもく》の時間を数秒過ごす。

「何……だと？」

一枚の紙が、窓の隙間に差し込まれる。震《ふる》える手でそれを受け取り、開く。界隈《かいわい》の簡単な地図。その一角、人気《ひとけ》のない路地裏の建物の位置に、×印が描《か》き込まれている。

「証拠《しょうこ》を残さぬよう努力はしていたようだが、我等《われら》の目を逃れることはできなかった。目障《めざわ》りなボスを失脚《しっきゃく》させるには充分なネタだろう。好きに使え、ヨーズア・アステリッド」

窓の外の気配が消える。

ヨーズアは黙って、手元の地図を眺《なが》め続ける。

ややあってから、その口元に――

「――まったく、悪い娘だ」

小さく、笑《え》みが浮《う》かんだ。

3. 無力な子供

すぐに戻《もど》ると言いおいて、少女は去っていった。

それから太陽が昇って。傾き始めて。

それでも、エマは戻ってこなかった。

どうしよう。
どうすればいい。
表面上は平静を装《よそお》いながら、リーリァは意識を高速で巡《めぐ》らせる。
すぐに戻ってくると言ったエマがどこにもいない。道は単純で、すれ違《ちが》っただけという
ことは考えにくい。そしてひと目見てすぐにそうと分かるレベルで、ここには、何らかの
揉《も》め事があったのだろう痕跡《こんせき》が残されている。血の跡が残されてすらいる。
辺りを見回すが、そもそもここは艀《はしけ》の端《はし》のほう、市街区域からは離《はな》れた小屋だ。怪《あや》しい
人影《ひとかげ》どころか、人影そのものがまったく見当たらない。
手がかりを探す。足跡らしい足跡は見つからない。いつも猫《ねこ》たちが暴れまわっている場
所なので室内はナチュラルに乱れていて、抵抗の痕跡だけを探し出すのは難しい。
地面に手のひらを押し当てた。両目を閉じて、呼吸を整える。自分という存在を世界か
ら切り離すイメージ。時間の流れを外から俯瞰《ふかん》するような感覚。本来は戦闘《せんとう》に用いる先読
みの技《わざ》だが、原理は木片魔法《もくへんまほう》なる秘術に近いものであるらしく、単純な未来予知に近い使
い方もできる――はずなのだが、うまく未来の像が摑《つか》めない。
（呪詛《じゅそ》のせい⁉）
リーリァの内にいまだ溜《た》まったままの膨大《ぼうだい》な呪詛は、人を害したいという妄執《もうしゅう》じみた

感情の塊《かたまり》だ。リーリァ自身を直接害することはできずとも、ただそこに在るというだけで、精神を鎮《しず》めなければ使えない類《たぐい》の技は全て禁じられてしまう。

どうしよう。

どうすればいい。

表面上は平静を装いながら、リーリァは意識を高速で巡らせ続ける。それはつまり、完全な堂々巡りだ。

そもそも、自分には、何ができるのか。若くして歴代屈指《くっし》の力を持つと言われる正規勇者《リーガル・ブレイブ》。天才だと持ち上げられ、古今東西のあらゆる武技を使いこなし、いかなる強敵だろうとたやすく討《う》ち倒《たお》してみせる。

それだけだ。

友人に何かが起きている。それがわかっているというのに、何もできない。人類を救うことのできる正規勇者《リーガル・ブレイブ》には、人類を救うことしかできない。

こういうことは、初めてではない。正規勇者《リーガル・ブレイブ》は人類を救う存在であり、人間を救うものではない。力になりたいと思った相手、無事でいてほしいと思った相手、そういうのを自分の手で守れた例《ため》しが、リーリァにはほとんどない。

泣きたくなる——と感じた次の瞬間《しゅんかん》には、小さな涙《なみだ》がこぼれていた。

ただ、悔《くや》しさだけが、胸を満たす。

ひいはあと息を切らせて、シリルが駆《か》け寄ってくる。

急いで目元をぬぐい、涙を隠す。

「いきなり走り出さないでください、見失うかもしれないところでしたよ」

いつもの顔で文句を言われる。

「………………」

「どうかしたんですか？」

問われ、無言で道を開ける。ひょいと小屋の中を覗《のぞ》き込んだシリルは、それだけで事情を察したのだろう。「ああ……」と表情を変えずに小さく頷《うなず》く。

「なるほど。それで、これからどうするおつもりで？」

「……周辺の怪しそうな男を適当に締めあげて、情報収集、とか」

「オーケー真顔で錯乱《さくらん》しているのはよくわかりました。落ち着いてください勇者様」

錯乱。何を言っているんだ。自分はいつも通りだ。ただ、頭がぐるぐるしていて、うまく物事を考えられずにいるだけだ。

「そもそもこの辺りは、アステリッド家とセス家の勢力圏《けん》の境界近くのはずです。両勢力の強面《こわもて》がにらみ合いを続けている場所だと言われていたはずですが」

言われていた。聞き流していたが。

「となれば怪しそうな男には事欠きませんし、ランダムに捕《つか》まえたら、二分の一でアステリッドの子飼いにヒットしてしまいますよ」

「なるほど」少し考える「よし、アデライードを締《し》めあげよう」

「どうしてそうなるんですか」

「ダメでもともと、何かの手がかりが入れば丸儲《まるもう》けってことで」

「オーケー真顔で大錯乱しているのはよくわかりました。落ち着きやがれ勇者様」

大錯乱。だから何の話をしているんだ。自分はいつも通りだ。ほんとだぞ。

「そもそもこの国には、独立した自警団がありません。それぞれの区域で、それぞれを統治する組織が相当するものを運用しています。事件だというなら、セスやアステリッドに報告だけして、後は全部任せるのが筋ですよ」

「……それは」

確かに。

煮《に》えたようになっている頭でも、その理屈はわかる。でも、

「にらみ合いを続けている場所での事件じゃ、どっちの組織も、ろくに捜査《そうさ》できない」

「そうですね、まず間違いなく、放置されて終わります」

「じゃあ、やっぱりあたしが」

「私たちは、何をするべきでもない」

シリルが、やや声を強めて言う。

「わかっているんでしょう？」

わかっている。

忘れたわけじゃないのだ。この国におけるリーリァ・アスプレイの立場は、外交官同然だ。うかつに動けば、それがどんなつもりのものであったにせよ、背後にあるものとの関係を疑われる。

この国は、複数の勢力のギリギリの均衡《きんこう》で成り立っている。そうでなくとも不安定に浮いている秤《はかり》に、リーリァという特大の錘《おもり》が乗った状態。その錘が分別を失い暴れ出せば、あっという間に均衡が崩《くず》れる。

自分の軽挙を引き鉄《がね》に、無駄《むだ》に多くの血が流れることになるだろう。

何もできないならば、何もするべきではない。それは道理にも聞こえる。

――でも。

「っ!!」

拳《こぶし》を、足元の地面に叩《たた》きつける。轟音《ごうおん》と共に、嵐《あらし》に遭《あ》った船のように、地面が激しく揺《ゆ》れる。猫たちが騒《さわ》いでまた物陰《ものかげ》へと逃《に》げ込む。

破壊《はかい》するつもりで放った一撃《いちげき》だったら、この区画に丸ごと穴が開いていただろう。そうではなく、ただ苛立ちのままに振《ふ》り下ろしただけの雑な拳。ひりひりと痛む。

「近所迷惑《きんじょめいわく》ですよ」

「そだね」

座り込んだまま、うつむき、答える。

そのまま沈黙。

遠い波の音と、にゃああという細い鳴き声だけが聞こえる。

「……まったく。調子が狂《くる》いますね、あなたがそういう調子だと」

シリルが何かを言っている。

「あれだけ最強ぶっていても、いざ手に余る事態になったとたんにこれですか。何でも思い通りにできちゃう人生ばかり送ってきたせい？」

「そだね」

それは、本当に、その通りだと思う。

けれど仕方がないじゃないか。

国を焼かれたのも、勇者《ブレイブ》の資質を見出《みいだ》されたのも、無敵の武技を受け継《つ》いだのも、セニオリスに選ばれたのも、自分一人なのだ。その戦いには誰《だれ》の助けも得られない。同じく勇者の名を冠《かん》する準勇者《クアシ・ブレイブ》たちも、引退した元正規勇者《リーガル・ブレイブ》ですらも。リーリァと同じ戦場に立つには強さが足りなかった。

だからすべての道を、自分一人で切り拓《ひら》いてきたのだ。

だから自分一人で切り拓いた道しか、歩いたことがなかったのだ。

「まったく、困ったお子様だ」

「そだね」

返す言葉がない。必要な時に必要な力が足りない。世の理不尽《りふじん》に対してただ愚痴《ぐち》をこぼすくらいしかできない。それはまさしく、ただの十三の小娘《こむすめ》にふさわしい無様な姿で、

「…………ああもう！」

ぽこん、

リーリァの頭の上で、何かが跳《は》ねた。

「え？」

見上げる。怒《いか》りのポーズのつもりなのだろう、ふんぞり返った姿勢《しせい》のシリルが小さな拳を震《ふる》わせている。

ものを殴《なぐ》るということにまるで慣れていないのだろう、ずいぶんと痛そうだ。

「何……」

「わかってない。わかってなさすぎる」

声が、どことなく震えている。

「もうやれることがない？　力が足りない？　何を勘違《かんちが》いしているのか知りませんけどね。一般的《いっぱん》に、子供の戦場ってのは、そこからなんです」

怒《おこ》っている？

「シリル」

「人間ってのはね、どんな天才だろうと、一人で全部なんとかできるようにはできてないんですよ。多かれ少なかれ、自分にできないことに出くわして膝《ひざ》を折る。あなた以外の誰もが、その挫折《ざせつ》をよく知ってる。そいつに屈したり乗り越《こ》えたりして生きている」

ふんぞり返るような姿勢のまま、シリルは大ぶりな本を一冊取り出すと、器用に片手で頁《ページ》をめくる。やがて目当ての箇所《かしょ》を見つけたか、右手に取り出したペンで、インクもつけずに何かを描《か》き込んでゆく。

「何を――」

「子供の手に余るなら、年長者の手を借りろっつってんの！」

淡《あわ》い光が、その頁から溢《あふ》れてくる。

地面に座り込んだまま、リーリァはその光を見上げる。

呪蹟《ソーマタージ》の光。

それは、特殊《とくしゅ》な図形を描くことを通し、世界に異常を上書きする技術。太古に神々が世界を創造した際に用いた技術を、人間の手で現代に甦《よみがえ》らそうとした結果に生まれた、秘《ひ》蹟《せき》の模造品。

本の中から解き放たれた光は青白い輝線《きせん》となり、虚空《こくう》に幾《いく》つもの複雑な絵を描く。その絵がまた新たな光を放ち、その光がまた新たに絵を描いて、弾《はじ》けた。

不意を突《つ》かれ、目を閉じる。なぜかすぐ近くから、たくさんの羽音を聞く。

光も輝線の絵も、きれいに消え去っていた。代わりに、どこから現れたものやら、無数の白い鳩《はと》が、空へと飛び立ってゆくのを見る。

ぎにゃっ、と潰《つぶ》れたような悲鳴をあげて、猫《ねこ》たちが残らず、物陰へと逃げ去る。

「え……」

「広域探知のために、幻獣《げんじゅう》を創《つく》りました。視覚ではなく縁《えにし》を直接辿《たど》って標的を探します。さほど距離《きょり》は開いていないでしょうし、それなりの精度で絞《しぼ》り込めるでしょう」

「え……え、え?」

ゆっくりと、状況《じょうきょう》を理解する。

広域探知? 幻獣を創った?

「呪蹟《ソーマタージ》って、そういうこともできるの?」

「ええまあ。門外不出の国家機密ですが」

「……ん?」

「既存《きそん》の諜報《ちょうほう》技術のほとんどを過去の遺物にしてしまう、軍略級の秘術ですからね。存在をばらされただけで国家間の緊張《きんちょう》が強まりますし、実際に異国で発動したなどということがバレれば普通《ふつう》に国際問題です」

「……ん? ん、んん?」

何か、おかしなことを言われている気がする。

「あ、あの、さ。あんた言ってなかったっけ、外交官同然の立場だから慎重《しんちょう》に振る舞《ま》えとかなんとか……」

「まあ、確かに。でもまあ、そういう面倒《めんどう》な立ち位置なのは勇者様個人の話で、私はお付きという名の自由な一個人ですから」

「屁理屈《へりくつ》すぎない？」

「だからバレないように気をつけないといけません。黙《だま》っててくださいね？」

片目をつぶる。へたくそすぎて、頬《ほお》がひきつっている。

――呆《あき》れて、声が出ない。

「なん、で」

「はい？」

「なんでそこまでしてくれるの」

「あー。あーもう。なんでまだわかんないのかな、この察しの悪いお子様は」

ぽん、頭の上に手を置かれる。

「超《ちょう》天才児様が相手じゃ、年齢《ねんれい》くらいしか勝ててないような凡人《ぼんじん》でもね。年上には、年上の意地ってもんがあるんです。泣いてる子供の前でくらい強がりますよ、もちろん」

「泣っ⁉」

目元を慌《あわ》ててぬぐう。

濡《ぬ》れていない。シリルがにまりと笑う。

「……かわいいとこあるじゃないですか、勇者様」

「あんたねぇ！」

一度は激昂《げきこう》してみせてから、顔を背《そむ》けて、

「……ありがと」

聞こえないように、小声で呟《つぶや》いた。

「どういたしまして」

速攻《そっこう》で返事が返ってきた。

「いや、あんたね。せっかくひとが小声で言ったんだから、聞こえなかったふりくらいしなさいっての。礼儀《れいぎ》というか様式美というか思いやりというか、あるでしょ」

「と言われましても、事実として聞こえてしまったもので」

淡々《たんたん》と言って、シリルは肩《かた》をすくめる。

「……いい性格してるよね」

「よく言われます」


それから数分も待たずして、羽音がまた、空から降りてきた。

鳩たちは次々に、シリルの開いた本の上へと降り立つと、また光の欠片《かけら》へとその身をほどく。まるで砂絵を描くように、その光は紙の上に無数の記号を綴《つづ》ってゆく。

シリルはその記号に目を通し、

「屋内に連れ込まれましたかね、本人の姿は見つけられませんでした」

「おいこら」

リーリァは肩を落とす。

「わりとかっこよさげなこと言っといて、オチがそれか。年上の意地はどこいった」

「冷たい現実の前には、あらゆる精神論は無力なんです」

「聞きたくなかった、そんな寝言《ねごと》」

「まあ、それでも、手がかりはありますよ。エマさんをここから連れ去った当人を発見しました。ここからは少々離《はな》れていますが、屋外を移動中」

リーリァは立ち上がった。

「どうする気です？」

「締《し》めあげて情報収集」

「オーケーやる気にあふれているのはわかりました、落ち着け勇者様。ちょっと見逃《みのが》せそうにない情報がまだひとつあります」

「……何よ」

「この男、確か、アデライード・アステリッドの側近です」

沈黙《ちんもく》。

「なるほど」

リーリァは力強く頷《うなず》いて、

「よし、やっぱりアデライードを締めあげよう」

先ほどと同じ結論を、これまた力強く宣言した。

4. 寝不足のボスと猫たちの食事

隠《かく》し事をするのは好きではない。

悪だくみの類《たぐい》も趣味《しゅみ》ではない。

しかし困ったことに、不得意というわけでもない。というか、はっきりと得意だと言い切ってしまえる。

だからこそ——敵の多いこの世界で、アデライードは今もまだ、生きている。


「——あったま、重ぉ——」

寝不足は美容と健康と、ついでに自由な発想と正確な作業の敵である。

誰《だれ》もがそれを理解していながら、逃《のが》れられない。これは人類という種が抱《かか》えた、永遠の業《ごう》のひとつなのではないか。ああ星神《ヴイジトルス》よ、どうしてあなたがたは人類をこのような欠陥《けっかん》品に創《つく》りたもうたか。

などという壮大《そうだい》な嘆《なげ》きのことはどうでもよくて。

つまり、アデライード・アステリッドは寝不足だった。

セニオリスの浄化《じょうか》は、まあまあ順調である。滞《とどこお》ることはなく、作業の終わりもだいたい見えている。ただ、過半数の呪力線《じゅりょくせん》を張り替《か》えなければならないというのが難物で、少し手を加えたらしばらく時間をおいて新しいパーツをなじませる必要がある――ため、最高にテンポよく進めたとしても、どうしても時間はかかってしまうのだが。

鏡を確認《かくにん》する。ぼさぼさの金髪《きんぱつ》、あつぼったいまぶた、ふんにゃりした口元。

これはいけない。シャワーを浴びて、髪《かみ》を整えて、ちょっとだけ濃《こ》い化粧《けしょう》で目元をごまかして、コーヒーをがぶがぶ飲み干した。

「さぁて。気合いいれるぞ、気合いっ！」

作業場に戻《もど》る。いまセニオリスの調整状態は解除され、剣《けん》の形に戻っている。素手《すで》で触《さわ》らないよう、厚手の布――これ自体が呪的干渉《かんしょう》を遮断《しゃだん》するひとつの護符《タリスマン》になっている――を使って硝子《ガラス》ケースに安置する。鍵《かぎ》をかける。

この剣を、数時間ほど、こうして休ませておく必要がある。

そしてこのことを、自分以外は誰も知らない。

だからしばらくの間、アデライード・アステリッドがこの工房《こうぼう》を離れて何かをしても、そのことは誰にも気づかれない。

地味な服を着込み、艶《つや》のない黒のウィッグをかぶり、さらに無地のフードつきマントを羽織る。愛用の赤い手袋《てぶくろ》を手にとり――数秒ほど悩《なや》んでから、これも着用。

工房の裏口から、誰にも見つからないように、外に出た。

†

扉《とびら》を叩《たた》く。最初は三度。そして、わずかに時間を挟《はさ》んでから、二度。

ほんのわずかに時間を空けて、音もなく扉が開く。

薄暗《うすくら》がりの室内には、黒いスーツ姿の男が四人。

「――で、首尾《しゅび》はどんな感じ？　うまくいってる？」

アデライードが尋《たず》ねると、四人は顔を見合わせて、

「大勢はなんとか。ただ、多少の手違《てちが》いが、ありました」

「ん？」

「予定が早まったと伝え、丁寧《ていねい》にお連れする予定だったんですが……用事があるといって強く抵抗《ていこう》されたので、薬を使うことに」

「あー、なるほど、そういう系のやつね」

頬を掻《か》く。

「怪我《けが》は？」

「暴れた際に、浅く。手当ては済ませてあります」

「目撃者《もくげき》は？」

「いないはずです。もとより、人の寄り付かない街はずれですから」

「痕跡《こんせき》は？」

「多少は。しかし、物取りのそれと区別はつけられないはずです」

「……なら、ひとまず良しとするか、うん」

少しばかり苦い声になってしまったのは否《いな》めない。しかし、万事《ばんじ》がうまくいくばかりではないのは世の常だし、それを嘆いて足を止めていても、どこへも進めはしない。

「もう少し、時間が要《い》るの。他《ほか》の組織はもちろん、万が一にもヨーズア叔父《おじ》さんには気づかれないよう、細心の注意を払《はら》って」

「心得ています……これを」

黒スーツの一人が渡《わた》してきたファイルを受け取る。連続失踪《しっそう》事件――『笑い猫《ねこ》』に対して、周辺の各組織がとっている対応についての調査書。笑う黒猫のシルエットが描《えが》かれた一枚目をめくり、二枚目以降に目を走らせる。

「セス家の動きがおかしいねコレ。次男坊《じなんぼう》あたりに何か勘《かん》づかれちゃった？」

「可能性はあります。ですが、確証までには至っていないかと」

「そっちもいろいろ時間の問題かァ……」

頭を掻きむしる。ウィッグがずれそうになったので慌ててやめる。

「普通《ふつう》に考えたら、しばらくにらみ合いのフェイズだけどさー……セスの連中はともかく、溝板《どぶいた》の人たちはそのへん常識通用しないよね。近日中に関係者が襲撃《しゅうげき》される可能性があると考えて、それとなく備えといて」

黒スーツたちの間に小さな緊張《きんちょう》が走る。

「わかりました。ボスの護衛には私が――」

「んー、わたしにはいらない。その分の戦力はバイズメイさんのご家族に回して、万が一があるとしたらそのへんだろうから」

「しかし」

「大丈夫《だいじょうぶ》だって。きみたちのボス、こう見えてけっこう強いんだゾ？」

赤い手袋に覆《おお》われた右手を、握《にぎ》ったり開いたりして見せる。


「——あのっ」


傍《かたわ》ら。

建物の奥に続く扉から、まだ幼い少女の声が聞こえた。

弾《はじ》かれたように、黒スーツたちがそちらへ向き直った。アデライードは自制心を総動員し、動揺《どうよう》を押し殺す。そちらを見ないように、そちらからも顔を見られないように、背を向けたままの姿勢を維持《いじ》する。

「すみません。ええと、状況《じょうきょう》、わからないんですけれど、人違いだと思うんです」

さすがに緊張しているのだろう、うわずった声。

「うち、お金とかないですし、家族も、ずっと昔にばらばらですし。さらっても、何にもなりませんから」

横目で、黒スーツの一人に『なんで起きてるのこの子？』と視線を送る。『薬が切れたようです』と返事が返ってくる。

『なんで自由に出歩いてるの』

『部屋に鍵はかけていたはずですが』

『安物の2ピンシリンダー錠《じょう》とか使ってないよね？　下町の子供でアレ外せない子はいないよ？』

『…………すみません、それです』

視線のやりとり、終了《しゅうりょう》。

「あのっ、訴《うった》えるとかはしませんから、うちに帰してもらえませんか。ひとを待たせてしまってるんです」

「――そういうわけには、いかないの」

振《ふ》り向かないまま。肩越《かたご》しに、アデライードは答えた。

少女の――エマ・コルナレスの気配が、小さく戸惑《とまど》うのを感じた。

その戸惑いの意味は確認せずに、

「人違いなんかじゃない。きみを帰すわけにはいかない事情がある。怖《こわ》い目に遭《あ》いたくなかったら、部屋に戻ってくれないかな？」

「う……」

少女がうなだれる。

「じゃあ……せめて、ふたつ、お願いできませんか。『案内できなくてごめんなさい』っていう伝言と、うちの猫たちのごはんだけ」

「要求できる立場じゃないと思うんだけど」

「だめですか？」

良いとか駄目《だめ》とか、そういう問題ではないのだ。

「……そこのきみ」右端《みぎはし》の黒スーツを捕《つか》まえて「言う通りにしてあげて」

「は、しかし」

言いたいことはわかる。手がかりを現場に残してきて、既《すで》にそれなりにリスクを抱えていると確認した直後なのだ。わざわざそれを増やしてこいという指示は、あまり適切とは思えないのだろう。けれど、

「いいから。二番通りの隅《すみ》のほうに小さな精肉屋があるでしょ、あそこで売ってるから。まだ小さい猫もいたはずだから、三分の一くらいはお湯でふやかしてね」

「はぁ……、あ、いえ、はい」

頷《うなず》いて、その黒スーツが部屋を出てゆく。

「ありがとうございます、安心しました」

丁寧に頭を下げて、少女が部屋へと戻ろうとする。

「待って」

「あ、はい？」

「ずいぶんと落ち着いてるみたいだけど、怖くないの？」

「……落ち着いて見えますか、わたし」

なぜそこで不思議そうな声を出すのか。

「たぶん、未練とかあんまりないからだと思います。こんな目だから将来に何があるってわけでもないですし、心配かける家族ももういませんし……猫たちも元野良《のら》ですから、わたしがいなくなっても、なんだかんだで生きていくと思いますし」

あっけらかんとした、偽《いつわ》りのない言葉。

吐《は》き気がアデライードを襲《おそ》う。

この少女、エマ・コルナレスはまだ十一歳だ。まだいくらでも未来に夢を見てもいいはずの子供だ。その口からこうもあっさりと、自分の人生に何も期待していないという言葉が出てきた。そのことのグロテスクさが、すぐには受け入れられない。

「そ、う……」

軽く手を振って、さっさと行けと促《うなが》す。「では」と一礼し、少女の気配が廊下《ろうか》を去る。

黒スーツの一人がそれに付き添《そ》う。

アデライードは額を指先で強く押さえる。

「ボス？」

「ん、何でもないよ」

声だけは平静を装《よそお》いそう答えて、ウィッグを脱《ぬ》ぐ。金髪がこぼれる。

「心配ないとは思うけど、あの子、絶対に逃《に》がさないようにね」

低い声を作り、冷たく、そう言い放つ。

「そして、何があっても、叔父さん——ヨーズア・アステリッドには気づかれないように。わかった？」

†

屋内から外に出てすぐに、陽光が目の奥に突《つ》き刺《さ》さる。

こんな日に限って、なぜかやたらと天気が良いのだ。洗濯物《せんたくもの》はよく乾《かわ》くだろうし畑（国土の狭《せま》いこの国にもいちおうあるのだ）の作物もよく育つだろうし、基本的には良いことなのだろうが不健康なこの身にはちょいと厳しい。

「きっついなぁ……」

「少しお休みになりますか」

護衛の黒スーツの提案に対し、首を横に振る。

「いやぁ、この後もやることぎっちぎちだしさぁ」

そう。いまの自分には、後回しにできない仕事が山のようにある。

そもそも、セニオリスの浄化《じょうか》作業を抜《ぬ》け出してここにいる身である。あれは時間だけでなく、とんでもなく集中力を食う。裏でこそこそ動くのと並行して進める作業としては、どうにも厳しい。


マントで身を隠《かく》しつつ、人気《ひとけ》の少ない裏路地を行く。

天然の地形というものがなく、増築と改築によって国土のすべてを創《つく》り出したこのバゼルフィドルには、もともと入り組んだ道が多い。しっかりとした土地勘さえあれば、誰《だれ》にも気づかれないまま移動するのはそれほど難しくない。

「工房《こうぼう》に戻《もど》りましたら、何か冷たいものでも差し入れましょう」

「え、ほんと？　やたっ」

歓《よろこ》びのあまり、指を弾く。

「それじゃさ、リクエストあるんだけど。『ポム・ヴェルト』のフルーツシャーベット、シリーズ一通り！」

「……あの。多少遠いといいますか、それは確か、他家の縄張《なわば》りにある店では」

「そこを曲げてなんとか！　いまものすごく食べたいから！」

黒スーツはしばらく苦悩《くのう》した後に、「わかりました」と頷いた。アデライードは再び「やたっ」と指を弾く。楽しみが増えれば、気力も湧《わ》くというものだ。そうと決まれば善は急げ。先ほどまでよりも明らかに軽い足取りで、相変わらず人気のない道をゆく。

――いや。

「ん」

足を止めた。

アデライードは自分の右手を、いや、右手を包む手袋《てぶくろ》を見下ろす。

赤い上質の絹に、金糸と宝石をあしらってある。派手で豪奢《ごうしゃ》で、けれどそれだけのものでしかないはずの、手袋。

縫《ぬ》い取られた金糸が、陽光を照り返すのではなく、自ら小さく輝《かがや》きを放っている。その明滅《めいめつ》を見つめる。

寒気に似た感覚に襲われる。

空の太陽が、雲に入る。灰色の翳《かげ》りが、辺りを覆う。

「どうしましたか？」

同じく足を止めた護衛が尋《たず》ねてくる。

「〝薔薇《ローズ》〟の敵意センサーに反応がある。あまり距離《きより》がないから警戒《けいかい》して」

小声で答えた。

護衛は表情を引き締《し》め、アデライードをかばうように構えをとると周囲を見回す。人気のない裏路地、辺りには相変わらず誰の姿もなく、

――いや。


誰もいない、はずだったのだ。油断したつもりもなく、目を外していた自覚もない。自分たちは、そのことを確認《かくにん》しながら歩いていたはずだったのだ。

そうだ。見落とすことなど、あるはずがないのだ。これほどの重要人物、これほどの危険人物がそこにいたなら、気づいていたはずなのに。

「………あれぇ」

気圧《けお》されるように半歩下がりながら、アデライードはひくついた笑《え》みを浮《う》かべる。

冷や汗《あせ》が背中を伝うのを感じる。

「どうしたの、勇者さん、こんなとこで」

様子を見るように、軽口を投げかける。

返事はない。

ただ、静かに。危険な沈黙《ちんもく》を纏《まと》ったままで。

赤い髪《かみ》の少女が――リーリァ・アスプレイが、そこに立っている。

5. 少女の雇《やと》った用心棒

世の中そううまくいかないものだ、とリーリァはよく知っている。

能力と理想の方向性が噛《か》み合わないだとか。発想と好機のタイミングがずれているだとか。環境《かんきょう》と目的の相性《あいしょう》が悪いだとか。色々とパターンはあるし数え上げていっても仕方がないが――とにかく世の中がそういう風にできていることについては、自明のことなのだと、十三の子供にだって理解できている。

そしてその理解の先に、もうひとつの納得《なっとく》がある。

誰《だれ》かがうまくやった時には、必ず、それに対応する誰かが、うまくいかないことになっているのだ。結局、人とは、その時自分がどちら側にいるのかを見て一喜一憂《いっきいちゆう》するだけの生き物なのだと。

だから、

「――ビンゴ」

小さく皮肉げな笑《え》みが浮《う》かぶのを止められなかった。いま自分は「うまくいった」側にいるし、対応する相手――アデライード・アステリッドは、そりゃもう見ていて気の毒な気分になるほど、うまくいっていない。

「あー。あーうん、ヘンなところで会う、ねー？」

妙《みょう》なイントネーションで話しかけつつ、目が泳いでいる。相手をする義理はない。視線を少しだけ動かし、アデライードの隣《となり》に立つ人物を確認《かくにん》する。

黒スーツを着込んだ、筋肉質の男。姿勢、重心の運び、表情、その全《すべ》てが妙に印象に残りにくい。おそらく、訓練によって身に付けた身体制御《せいぎょ》技術によるものだろう。それはそのまま、戦闘《せんとう》時に発揮されるであろう練度の高さともなる。敵の多い身であるアデライードが、外出時に護衛に選ぶくらいには、手練《てだ》れなのだろう。

（こいつが……）

目を細め、心の中で確信を固める。こいつが、シリル（の鳩《はと》）が特定した、エマを襲《おそ》って連れ去った、実行犯なのだと。

「どうしたのかなー、勇者様。このへん寂《さび》れてて、観光とかには向かないよ」

視線をあさっての方向に向け、指先で自分の金髪《きんぱつ》をくるくるといじりながら、アデライードが白々しく何かを言っている。

「迷ったんなら、大通りへの道、教えてあげよっか？」

「せっかくだけど遠慮《えんりょ》しとく。現地のガイドには先約がいるんだ」

意識したわけではないが、返した自分の声は、妙に低く聞こえた。

反応があったこと自体に安心したのだろう、アデライードが表情をゆるめて、

「そうなの？　だったら――」

続けて何かを提案してこようとするのを「だから」と遮《さえぎ》って、

「エマ・コルナレスを返してもらう」

ぴし、と。

音すら聞こえてきそうなほど露骨《ろこつ》に、アデライードが硬直《こうちょく》した。

「――ええ、と……え？」

石像になったまま、横目で、護衛に『どういうことなのコレ!?』と問いかける。

『あの子とこの子、どういう繋《つな》がりがあるワケ!?　何がどうなったらこうなるの!?　わた

し前世で何かすごく悪いこととかした⁉』

当の護衛は、無表情のまま、小さく首を横に振《ふ》る。

「ええと」

なんとか笑みを取り繕《つくろ》いつつ、アデライードはあごに指をあて小首をかしげ、

「その、エマちゃん？　って、誰のことなのカナー、なんて……」

ごまかすつもりの芝居なのだろうが、誰が見てもそうとわかるだろうレベルで動揺が顔に出ている。

リーリァは無言で、一歩を詰《つ》める。

アデライードが、半歩ほど退く。

そのまま二人、互《たが》いに視線を動かさないままで数秒を過ごす。

「――ああ、もう」

アデライードが、肩《かた》を落とす。

逃《に》げ場がないところまで追いつめられれば、逆に腹が決まったというところか。胸を張り直し、額にかかっていた髪《かみ》をばさりと後ろに流す。

「むしろこっちが先に確認したいトコなんだけど。きみ、あの子とどういう付き合いなわけ？　ていうか、あの子を何だと思って付き合ってるわけ？」

「ん？」

少し考える。

「街の外れに猫《ねこ》と住んでる、人間の友達の少ない、ちょっと寂しい女の子？」

「だいたい合ってそうだけど、きみ、他人の友達の数について言える立場？」

ええい、うるさい。

「どういう付き合いって言われても、確かに、そんなに深い付き合いじゃないけどさ」

思い出す。

――じゃあ。今度わたしが危ない目に遭《あ》ったら、助けてくれますか？

ああ。ちょうどいい会話が、思い出せた。

「……うん、用心棒」

「へ？」

「危ない時には助けてって頼《たの》まれた。報酬《ほうしゅう》の交渉《こうしょう》はまだ途中《とちゅう》だったけど、だからって反《ほ》故《ご》にするわけにもいかないしね？」

もちろん、短い雑談の中に出てきた冗談《じょうだん》を持ち出しただけの、屁理屈《へりくつ》である。

けれど、屁理屈だって理屈だ。他《ほか》の誰を論破できなくてもいい。自分自身が、このリーリァ・アスプレイが、自分の動く理由として納得できるなら。それで充分《じゅうぶん》。

「……いつの間に、そんなアルバイト始めたの？」

案の定、思いっきり呆《あき》れた顔をされた。

「そういうわけじゃないけど、まぁ、成り行きっていうか」

軽く答えつつ、リーリァは無造作に、左手を真横に突《つ》き出した。

特に警戒《けいかい》していたわけではないが、そもそも正規勇者《リーガル・ブレイブ》に、一般《いっぱん》的な尺度で言うところの油断はない。素質と訓練と反復と実践《じっせん》と日常生活。その体は、危険が迫《せま》れば勝手に動くように作り上げられている。

飛来する細長い何かを、摑《つか》みとる。ほぼ同時、

がぎゅいいいんっ――

と。耳障《みみざわ》りな金属音。

響《ひび》いたのは、もちろん、リーリァの手の中ではない。アデライードが右腕《みぎうで》を真横、つまりはリーリァと同じ方向に突き出している。広げられたその手のひらの真ん中に、太く長

い釘《くぎ》のようなものが突き立っているのが見える。

形状は、機械弓《クロスボウ》の、太矢。

見る限り、それは、ただ軽量の金属を鋳型《いがた》に流して造り上げた量産型の太矢とは違《ちが》うようだった。そもそもこういう矢弾《やだま》の類《たぐい》は、軌道《きどう》を安定させるために、表面に無用な凹凸《おうとつ》を造らないのが定石だ。なのにこの太矢は、側面いっぱいに、複雑な紋様《もんよう》が刻み込まれている。そしてその紋様が、怪《あや》しく青白い光を発してすらいる。おそらくは、一部の護符《タリスマン》が持つのと同じような理屈で、発射後に自ら加速し威力《いりょく》を底上げする秘術紋様。

(――へえ)

本来であれば、もちろん、絹の手袋《てぶくろ》などで防げるものではない。絹ごと皮を貫《つらぬ》き肉と骨を食い破り、肘《ひじ》まで引き裂《さ》かれてもおかしくないだけの威力はあったはずだった。

だが、そうはならない。

アデライードの手袋に施された金糸の縫《ぬ》い取りが、淡《あわ》く光を放っている。射られた太矢は、手袋の表面に触《ふ》れるわずかに手前の空中で、見えない力にからめとられて、静止している。

そのまま、数秒。組み込まれていた推進力が尽《つ》きたか、太矢は思い出したように重力に捕《と》らわれ、その場にぽとりと落ちる。

「ん」

リーリァは改めて、自分の右手が摑みとっているそれを確認する。紋様の刻まれた太矢。手の中で暴れるその感触《かんしょく》でもしやと思ってはいたが、アデライードの手袋が弾《はじ》いたそれと、同じもののようだった。

「んー……」

撃《う》たれた方向を見る。開けた場所というわけではないが、視界が閉《と》ざされているというわけでもない。狙撃《そげき》されたポイントはさほど苦も無く特定できた——二区画ほど向こう、見張り台のようにそびえる木造建築の、四階左端《ひだりはし》の窓。狙撃した当人の姿はもう見えなかったが、風向きや角度から考えると他にない。

「これ、何？　あんたの差し金？」

アデライード自身も攻撃《こうげき》されたという点はさておき、いちおうそう尋《たず》ねておく。

「違うって。まあ……うちのお客様かなって心当たりは、たくさんあるけど」

アデライード自身はその場を動かない。護衛だけが動き、弾道《だんどう》を塞《ふさ》ごうとする。

「普段《ふだん》どんだけあくどい商売してんの」

「あ、その評価は心外。うち、外部に漏《も》れるような形で法は破ってないんだから」

「評価を覆《くつがえ》させるつもりまったくないよね、その主張？」

物陰《ものかげ》から、幾人《いくにん》かの男たちが姿を現した。揃《そろ》いの覆面《ふくめん》で顔を隠《かく》し、やはり規格を揃えた灰色の短杖《たんじょう》を逆手に構えている。いずれも素人《しろうと》ではない——ばかりか、ただ喧嘩《けんか》慣れしただけのチンピラなどとも明らかに練度が違う。

袋叩《ふくろだた》きのプロ、とでも言うべきだろうか。意識の死角を狙《ねら》う暗殺者や多対多の戦いに臨《のぞ》む兵士などとは根本から違う。多勢で素早《すばや》く少数の相手を叩きのめすことに特化して技術やら連係やらを磨《みが》いた集団。そういう気配がうかがえた。

「んー……？」

何かを理解しかねているような顔で、アデライードが眉《まゆ》を寄せる。

どうしたのかと尋ねようとしたところで、男たちが動いた。全員が同時に、しかし細かくタイミングをずらして距離《きょり》を詰めてくる。短杖を振り上げる者、横に薙《な》ぐ者、突き入れる者。練達の連係だった。

（まあ……だからって、どうってこともないけどさ）

彼らが多人数での戦いに慣れているというならば、リーリァ・アスプレイは多人数相手の戦闘に慣れている。それもおそらくは、比べ物にならない密度で。

ぽい、と。手の中に握《にぎ》ったままだった太矢を、無造作に放《ほう》り出す。

男の一人が、反射的にそれを避《よ》けて体を左に振った。別の男が、それを避けて後ろに身を引いた。それによって短杖が軌道を変え、別の男の脇腹《わきばら》に突き刺《さ》さりそうになった。二人それぞれに小さく身をひねって同士討《う》ちを避《さ》ける。リーリァの誘導《ゆうどう》したこの一連の動きを通して、それぞれに絶妙《ぜつみょう》にずらしていたはずの攻撃の拍子《リズム》が、一致《いっち》してしまう。

「よ」

右手を、軽く払《はら》うように振るう。男たちのあごの先をかすめたそれが、全員の意識を同時に刈《か》り取る。それで、戦いとも呼べないその戦いは終わる。積み重なるように崩《くず》れ落ちる男たちの体からひょいと身をかわし、リーリァはいちおう、アデライードのほうに注意を向けた。

くるり、と。アデライードの体が、踊《おど》るように回転しているのを見た。

ドレスの裾《すそ》がふわりと翻《ひるがえ》る。

「〝絞首台《こうしゅだい》に留まる灰色鳩《ばと》〟、〝手術台に捧《ささ》げられた橙《とう》の花束〟」

吟《ぎん》じるような詩《うた》うような、そんな詠唱《えいしょう》を聞く。

それらの言葉自体に意味はないのだろう。予《あらかじ》めそうと定められていたというだけの、ただの合言葉に等しい。しかしだからこそ、それは即座《そくざ》に結果を呼び込む。

氷のかけらを奥歯で砕《くだ》いたような音が、二度響いた。

最初の詠唱で左、次の詠唱で右。アデライードが振るう左右の手の甲《こう》、手袋にあしらわれていた宝石が強い光の軌跡《きせき》を描《えが》く。

指が細かく動き、縫い取りの金糸に小さく緊張《きんちょう》をかける。歯車を爪《つめ》でこすったような小さな音とともに、宝石が軽く振動《しんどう》する。

振り下ろされる短杖の一本をかわし、一本を右の手袋がいなし、もう一本を左が弾く。

襲撃《しゅうげき》者全員とアデライードとが最も近づいた瞬間《しゅんかん》に、

「〝飾《かざ》れ〟」

投網《とあみ》のように広がる稲光《いなびかり》。

沸騰《ふっとう》した油を鉄板に叩きつけるような音。

それで終わりだった――手袋から放たれた人工の雷電《らいでん》が、アデライードを取り囲むように展開していた男たちを、一網打尽《いちもうだじん》に仕留めてのける。

手袋。

常識外れの武器防具なら見慣れているリーリァの目にも、それは特異なものとして映った。鋼線を編みこみ防刃《ぼうじん》性能を高めた手袋、などならば何度か見たことがある。しかしあれは、見た目からして重くて分厚くて、どちらかというと籠手《こて》の一種にしか見えないしろものだった。それに比べてアデライードのそれは――

「……それ、もしかして、聖剣《カリヨン》？」

「うそ、ひと目で見抜《みぬ》けちゃうわけ!?」

仮にも企業《きぎょう》秘密オブ企業秘密なんだけどなんでわかっちゃうのかなあっ！　などとアデライードが驚愕《きょうがく》している。その目前で、リーリァは無言のまま、やはり驚愕している。

聖剣《カリヨン》とは、様々な効果を持つ護符《タリスマン》を集めて結びつけ、別の機能を発揮させるに至った仕組みのことである。ならばそれが剣の形をしている必然性はない……などと考えるのは簡単だが、実際に剣以外の聖剣《カリヨン》を実現した例はないはずだと聞いている。

「でも……」

「でもなんで勇者《ブレイブ》でもない一般人に聖剣《カリヨン》が使えるんだー、とか聞かないでね。それこそ企業秘密だし、教えられないから」

「……そだね」

気にならないといえば嘘《うそ》になる。だがもちろん、今は好奇心《こうきしん》だけに身を任せていられるような状況《じょうきょう》ではない。

「聞いてほしいんだけど」

言って——それにも拘《かか》わらず、アデライードは言葉を続けない。地べたに倒《たお》れた男たちに視線を落としたまま、何かを考えている。

「……何を聞けって？」

促《うなが》すと、弾かれたように顔を上げて、

「状況がおかしすぎる」

「あんたが混乱してるのは知ってるよ、いろいろ悪だくみしてたのに、計画の歯車がかみ合ってないっぽいのも見りゃわかる」

むろんその齟齬《そご》の一因は自分自身にあるのだとリーリァは理解していたが、敢《あ》えてそこには触れずに意地悪く煽《あお》る。しかしアデライードは真面目《まじめ》な顔で、

「わたしじゃなくて。おかしいのは、この人たちの存在」

「……あんたのお客様なんでしょ？」

「最初はそう思ったんだけど、だとしたら、なんでこの程度の戦力で、こんなタイミングに襲《おそ》ってきたのかなって。これまでけっこう大勢返り討ちにしてきたし、わたし相手に力押しが通用しないなんて、この辺りの同業者にはもう常識なんだけど」

なんでもないことのように、けっこう図々《ずうずう》しいことを言う。だが、正当な自己評価ではあるのだろう。あの手袋は護身具として非常に優秀《ゆうしゅう》だし、それを使ったアデライードの立ち回りも相当の胆力《たんりょく》に裏付けられている。難点を言うなら、不要と知りながらお飾りのように連れまわされている護衛が気の毒なことくらいか。

「練度も装備も、けっこうなレベルだったと思うけど」

「通用しなきゃ同じだよ？」

ごもっともだ。返す言葉がない。

「加えて、なんできみと揉《も》めてる最中に、両方を襲ってきたのか。アステリッド家をどうにかしたいなら、わたしだけ狙うか、きみだけ撃って誤解させるべきでしょ。そもそもきみが何者なのかも、知ってるひとしか知らないはずなのに」

「わりとどうでもいいなぁ」

リーリァは後ろ頭を指で掻《か》く。

「そんなに気になるなら、倒れてる連中に聞いたら？」

「それはそうなんだけど……あまり手加減すると倒れてくれなそうだったし、ちょっと強めに撃ち込んじゃったから、どうかな……」

アデライードの指示を待たず、護衛（先ほどの立ち回りの間はとばっちりを避けるためか距離をあけていた）が駆《か》け寄ると、男たちの一人の覆面をはぎ取り、胸元《むなもと》に拳《こぶし》をあてて活を入れた。男は激しく数度咳《せ》き込むと、意識を取り戻《もど》し両目を開いて、

「――――」

すぐに、全身が弛緩《しかん》した。

（は？）

死んだのだと、リーリァは見抜いた。古典的なやり方だが、歯に毒を仕込んでいたのだろう。尋問《じんもん》されるよりも先に、自ら死を選んだ。

おそらくこの分では、ここに倒れている誰《だれ》を叩き起こしても、同じことが繰《く》り返されるだけだろう。手がかりにはならない。

（どういうこと？）

「どしたの？」

アデライードが覗《のぞ》き込んだ男の唇《くちびる》の端から、細く血が垂れる。それだけで状況を察したのか、かすかに青ざめた顔をしてアデライードは身を引く。死体を見慣れてはいないようだが、取り乱さないでいてくれることは素直に助かる。

リーリァは小さく息を吐《は》いた。この街の連中のゴタゴタには興味はない。好きなだけ複雑な状況に翻弄《ほんろう》されていればいい。自分はただ、エマの居場所を知れればそれでよかったはずなのに。

だが、確かに、この不自然さは気にかかる。

人間は、当たり前だが、生き続けたい生き物なのだ。尋問される前に死を選ぶほどの覚《かく》悟《ご》は、普通ではない。それほどの覚悟を持った刺客《しかく》は、子飼いにせよ金で雇《やと》われたにせよ、どこの組織にとっても重要な戦力であるはずだ。

アデライードの言う通り、こんな場所でこんな使い捨て方をして良いものではない。そこには何かの、大きな意味があるはずなのだと。

「ゆ……勇者、様……？」

ひいはあと息を切らして、シリルが駆け寄ってくる。その姿を見て、なぜか既視感《きしかん》を覚える——ああいや違《ちが》う、つい先ほどにも同じようなことがあったか。

「いきなり走り出さないでくださいってさっきも言ったでしょう、今度は完全に見失いましたよ目的地がわかってたから追いつけましたけど」

「シリル、足遅《おそ》いね」

「非常識な基準で測らないでください、私の足は普通です……」

シリルの目が、辺りをざっと見渡《みわた》す。

「これは？」

「揉め事。アデライードと話してたら襲い掛《か》かってきた。正体不明。練度は高かった。見ての通りの理由で尋問できそうにない」

「……私は、何に呆《あき》れればいいんでしょうか。この街の治安？　数歩歩いたら騒動《そうどう》にぶつかる勇者様の人生？　今日はラッキーデーとか言ってた今朝の占《うらな》い？」

「どれでもいいけど、気をつけて。近くにはもう仲間とかいないけど、もう巻き込まれてるっぽいから」

「……衝撃《しょうげき》的な出会いがあるでしょう、ラッキーアイテムはピンクのリボン……ああもう……もう信じないぞ……」

ぶつぶつと何かを言いながら、シリルは身を屈《かが》め、何かを拾い上げる。先ほどの太矢と短杖。しげしげとその表面を見つめ、

「アデライードさん」

顔を上げて、質問を投げる。

「この表面に刻まれている図形は以前に賢人塔《けんじんとう》が供出した技術のようですが、これらはアステリッド家の商品ですか？」

「え、あ……うん。あ、そうか。卸《おろし》先はそんなに多くないはずだから、事務所に戻れば特定できるかも。ああもう、こんなことなら通し番号でも入れておけば」

（あれ？）

違和感《いわかん》。リーリァは眉間《みけん》にしわを寄せる。

ちらりとシリルが横目でリーリァを見るが、すぐに視線はアデライードに戻る。

「アデライードさん、あとふたつほど質問が。どうやらあなたは、緊急時に慎重《しんちょう》に状況

を分析するタイプのようですが──」アデライドがかすかに驚愕したのが見える「──そのことを敵対組織、または身内に指摘《してき》されたことはありますか」

質問の内容はともかく、意図を読みかねたのだろう。当惑《とうわく》しながら、

「え、えと……いまきみに指摘された、とか」

少し迷いながら、

「今のところ敵対組織でも身内でもないので私は除外してください。他《ほか》には？」

「ヨーズア、叔父《おじ》さん。……たまにだけど、慎重すぎるって言われる……」

（え。それって……）

リーリァの心の中、最初はさざ波だった違和感が、激しさを増してゆく。いや。それは既《すで》に違和感などではなく確信だ。筋道をうまく言語化できる気はしないけれど、結論だけはもう、この胸の内に固まってしまっている。

動き出そうとするリーリァを、シリルが手のひらで制止する。

「最後の質問です。どうやら時間がない、腹芸なしで今すぐに答えてください」

そのシリルの声は――いつも通りのようにも聞こえた。つまり、世の中の何もかもをつまらなそうに突《つ》き放したような、淡々《たんたん》とした声。けれど同時に、焦《あせ》っているようにも聞こえた。時間がないというその言葉の通り、目前に迫《せま》る何らかの危険を一人だけ予期し、も

どかしさに身を震《ふる》わせているような。

シリル・ライトナーは尋《たず》ねる。

「ヨーズア・アステリッドは、エマ・コルナレスを、どうするつもりなんですか？」

そしてその問いは、いまリーリァが聞きたかったことと、一致《いっち》していた。

†

アデライードの隠《かく》れ家《が》には、血の匂《にお》いが充満《じゅうまん》していた。

床《ゆか》の上には、三人の黒スーツが、無残な姿になって倒れている。部屋にはいくつかの乱《らん》闘《とう》の痕跡《こんせき》。善戦はしたのだろう。そして、善戦までしかできなかったのだろう。

奥の部屋を確認《かくにん》しても、もちろん、そこに監禁《かんきん》されていたはずの少女の姿はない。

「単純な話だった。足りない戦力で無理やり襲撃《しゅうげき》する目的なんて、二つしかない。襲撃の事実を作って何かの計略に利用するか、もしくは時間稼《かせ》ぎだ」

うめくように、リーリァは言う。

「あのタイミングに襲ってきたのは、あたしたちがすぐに手を組んでここに来る可能性を危惧《きぐ》したから。中途半端《ちゅうとはんぱ》に手がかりを与《あた》えたのは、アデライード、あんたが考え込んで足を止めてくれる可能性を増やしたかったから。言い換《か》えれば、ああやれば足を止めてくれると知っていたやつが、ほんの数分程度の時間を稼ぐために、あれをやった」

アデライードは、青い顔でうつむいている。

リーリァは続ける。

「副《アンダー》ボスとボスが実は対立関係でした、程度の話なら、驚《おどろ》きもしないし関《かか》わりもしないよ。好きにケンカして、素敵《すてき》なソファの取り合いをしてればいい。けど、今回の話はどうにもおかしい。あんたは副《アンダー》ボスに内緒《ないしょ》でエマちゃんをさらい、副《アンダー》ボスはこんな遠回りな手を使ってまであんたからエマちゃんを横取りした」

「……叔父さんには、気付かれていない、はずだったのに」

「あんたの予想より腹芸のうまい人だったってことでしょ。……で、エマちゃんって何者なわけ。前ボスの隠し子だとか、大金を持ち逃《に》げした裏切り者から手がかりを受け取ってるはずとか、そういうパターン？」

「あはっ」

力なく、アデライードは笑う。

「きみ、ギャングものの創作物語《フィクション》、読みすぎじゃないかなあ？」

「人間同士で殺《や》り合ってる現場の経験に疎《うと》いもんでね。で、どうなわけ？」

「きみが専門外ってことはないと思うよ。あの子は、簡単に言えば、『人類の破滅《はめつ》を防げるかもしれない鍵《かぎ》』なんだってさ」

冗談《じょうだん》だと思った。

改めて、アデライードの横顔を見た。唇を歪《ゆが》めて笑顔《えがお》を装《よそお》っているが、顔面は蒼白《そうはく》なままで、まるで生気が感じられない。

「どういう――」

「このままだと遠からず、人類は滅《ほろ》びるんだって。それを防ぐためには、人類は大急ぎで、次の階梯《ステージ》に登らないといけない。……本当かどうかは知らないよ？　でも本気でそう信じている人たちがいて、本気で対策しようとしているのは事実」

「ゆ……勇者、様……私や、今日、どんだけ走らないといけないんですかね……」

ぜえぜえはあはあと、今にも死にそうなほどに息を切らしながら、シリルが部屋によろめき入ってきて――そして部屋に広がる惨状《さんじょう》を見て絶句した。

悪いけれど、構っている場合ではない。アデライードの言葉の続きを待つ。

「その人たちは、ずっと、〝ひと〟を探してた。特別な力を受け継《つ》ぐ資格を持つ〝ひと〟を。そのために、闇《やみ》の奴隷《どれい》市で殺してもいい人材を買い集めたり、街の中からもそれっぽい人を何人も拉致《らち》して実験に使ったりした——」

（武装宗教組織の類《たぐい》、か……）

まったくもって嬉《うれ》しくない話だが、確かに、なじみのある話になってきた。少なくとも、ただの犯罪組織の内部抗争《こうそう》などよりもずっと、ふだんの自分の戦いに近い。

「で、エマちゃんがその、怪《あや》しげな素質の持ち主だと思われたわけか」

「違うよ」

「違うのか」

「思われたんじゃない。バレたんだ」

アデライードは、力なく天井《てんじょう》を仰《あお》ぐ——生命の残っていない部屋から視線を逸《そ》らすようにして。

「あの子は本物。本物の——極位古聖剣ゼルメルフィオルの適合者候補だって」

X．神片精霊《しんぺんせいれい》カイヤナイトの願望（2）

これは、遥《はる》か過去の物語。

秘宝を求めて魔窟《まくつ》の底へと至った、一人の青年と。

その魔窟から連れ出された、願いを叶《かな》える力を持つ精霊との。

誰に語られることもない、ささやかな思い出。

†

そんなことが、何度も何度も、繰《く》り返された。

「また今度な」とその青年は答えた。

『願いを言え』とその精霊は迫《せま》った。


旅先で出会った美女を青年が口説こうとした時に、『成就《じょうじゅ》させてやる』と持ち掛けた。しかし青年はこれを断り、自分の言葉で美女に挑《いど》んで玉砕《ぎょくさい》した。

深い森の中で道を見失った時に、『外まで運んでやる』と持ち掛けた。しかし青年はこれも断り、ひと月近くの放浪《ほうろう》の末、自力で人里まで生還《せいかん》した。

寒空の下、宿代が尽《つ》きて野宿をするはめになった時に、『金銀財宝を出してやる』と持ち掛けた。青年は当然のようにそれを断り、摘《つ》んだばかりの薬草を煎《せん》じた汁《しる》を勧《すす》めてきた。めちゃくちゃ苦くてめちゃくちゃ渋《しぶ》くて、つまりは（精霊の舌にすら！）ひたすらに不味《まず》い代物《しろもの》ではあったけれど、物質体《からだ》だけはとても温まった。

道中にいろいろと面倒《めんどう》だったので、何度か、人間の少女を模した物質体《からだ》を装《よそお》ったことがある。その時の青年はなんとも微妙《びみょう》な顔をしたのだが、『やめてほしいならばそう願え』と言ったら「好きにしろよ」とそっぽを向いた。


青年とともに世界を見て、初めて精霊が知ったことがある。

その時代の人類は、滅《ほろ》びに瀕《ひん》していた。

大陸全土で、怪物《モンストラス》が異常発生していた。兵と城壁《じょうへき》で街を守ることはできても、無防備な農村が次々と襲《おそ》われるのは止められない。物価が跳《は》ね上がり、治安は悪化し、戦争が起こって、人が死んだ。そのまま行けば、数年もしないうちに、絶滅《ぜつめつ》を避《さ》けられないほどに個体数を減らしていただろう。

しかしそこに、この青年がいた。

青年は人間としては異常なほどに強く、そして賢《かしこ》かった。

特に広域に害を及《およ》ぼす怪物《モンストラス》をいくつも討《う》ち倒《たお》した。多くの村に自衛の手段を与《あた》え、心構えを教えた。効率の良い農耕の手段を広め、広域通貨を発行し経済を活性化させた。人材を育成し、自分がいなくともそれらの知識が世に広まり、さらには発展していけるように仕組んだ。

　そうやって救われた人々は、青年に名を尋ねた。青年はそのたびに、「名前はない」と答えた。だから人々は、青年のことを、感謝と尊敬を込めた敬称《けいしょう》で呼んだ。

　そんなことが、長い旅の中で、何度も何度も繰り返された。

『願いを言え』とその精霊は迫った。

「また今度な」とその青年は答えた。

†

狭《せま》い洞窟《どうくつ》の奥。ちろちろと熾火《おきび》が揺《ゆ》れている。

特大のあくびをひとつ放ってから、

「なぁ。こいつは、何だっけか」

握《にぎ》りこぶしほどの大きさの鋼片を手に、かつては青年だった老人は尋《たず》ねた。

『その問いに対する答えが、其方《そなた》の願いか？』

「それでもいいぜ」

『……荒《あ》れた海での酔《よ》いを抑《おさ》えるお守りだ。一昨年《おととし》に死んだ槍《やり》使いの形見でもある』

「ああ」老人は寂《さみ》し気に笑って「アレンの奴《やつ》か。こいつがないと故郷に帰れないんだとか言ってたよな、確か」

『ちなみに隣《となり》のお守りは、傷《いた》んだ野菜を見分けるもの。その隣は、病床《びょうしょう》で悪夢を防ぐためのものだ』

「ああ……そうだったな」

老人の指先が、並んだ鋼片たちのひとつひとつを、優《やさ》しく撫《な》でる。揺れる炎《ほのお》を照り返し、色とりどりの鋼片たちが、水面《みなも》のように小さく煌《きら》めく。

長い旅の中、大勢の人々たちと出会い、そして別れてきた。そしてそのたびに、老人は、彼らの願いと祈《いの》りを託《たく》されてきた。特に示し合わせたわけではないのだろうが、具体的には、誰《だれ》も彼もがこういう護符《タリスマン》を押し付けてきた。戦いの役にはまるで立たない――そもそも老人の領域の戦いで役立つ護符《タリスマン》などそうそうないが――が、代わりに、地味にその旅路を支えてくれるお守りたち。

そんな祈りの数々を背負って、老人は旅を続けていた。

そんな祈りの数々を背負わされる、それが、人々に〝勇ある者《ザ・ブレイブ》〟と呼ばれる老人の旅路だった。

（――――ああ）

確かに長かったなぁ、と。

精霊は、懐《なつ》かしく思い返す。

あの日からずっと、青年は多くと戦い、多くを斬《き》り伏《ふ》せ、多くを守ってきた。そのことを感謝され、敬われもした。けれどそれに負けないくらいに多くを傷つけられ、多くを守れず、多くを取りこぼしてきた。

守りたいと思えた人が、何人もいた。そのすべてを失った。だから、これ以上誰にも同じ思いをさせたくないと、多くの人々を救った。

またここに帰りたいと思えた場所を、いくつも見つけた。そのすべてを失った。だから、これ以上誰にも同じ思いをさせたくないと、多くの土地を守った。

そんなことを繰り返しているうちに、時間が流れた。多くが救われ、それよりも圧倒的《あっとうてき》に多くを取りこぼしてきた。

その生き方を指して、世界で一番不幸なやつだ、と言う者たちもいた。およそ幸福につながりそうなあらゆるものを失い、ただ傷つき続けるだけの人生を送っているからと。その言葉に対し、男はいつも曖昧に笑って、それだけでもないんだがなあとだけ返していた。

「どうしたもんかな。もう、武器がありゃしねえ」

岩壁《がんぺき》に背を預け、老人はぼやいた。

『竜鱗《りゅうりん》をあそこまで傷つけただけ、大したものだ』

「とはいえ、トドメを刺《さ》せないんじゃな。この土壇場《どたんば》の手元に残るは、生活に便利なおまじない百選のみときた」

精霊は鋼片を見渡《みわた》す。

『そこまで多くはない、正確には四十一選だ』

「細けえなオイ……」

『だが、いずれも、其方の身を案じた祈りの結晶《けっしょう》ばかりだ』

「ああ。こんな俺なんかに、ありがたいことだよ」

『……惚《とぼ》けている場合ではない。そろそろ現実を直視するべきだ』

通じない皮肉を放つのにも飽《あ》きたか、精霊は老人に詰め寄った。


老人は、人類の今後を直接左右する戦いのために、この地へ来た。

討伐《とうばつ》しなければならない相手は、赤銅竜《しゃくどうりゅう》ニルギネルゼン。

そうでなくとも竜という種は、人間にとって、最悪に近い脅威《きょうい》だ。人間に対してひたすら敵対的で、縄張《なわば》りに踏《ふ》み込んだ者は決して見逃《みのが》さない。サイズが常識外れにでかくて、体表が常識外れに硬《かた》い。その鉤爪《かぎづめ》や炎の吐息《といき》は簡単に人間の命を刈《か》り取ってしまうが、その逆はただ傷をつけることすらままならない。

その中でも上位の大型種になると、その生命が心臓やら何やらに依存《いそん》しなくなる。たとえ内臓の全《すべ》てを抉《えぐ》りとろうと死なない。もはや生命力と呼ぶのも馬鹿《ばか》らしくなるほどの、圧倒的な自己保存性能。

ニルギネルゼンは、そんな赤銅竜の中でも、特に巨大《きょだい》な個体だった。いかな〝勇ある者《ザ・ブレイブ》〟、いかな〝古くを識る者《セニオル》〟であろうと、たやすく討ち倒せる相手ではなかった。

長い戦いの果て、矢は全て尽きた。剣《けん》も全て折れた。

それでも老人は奮戦した。ニルギネルゼンに深い傷を負わせ、自身も傷つきながらこの洞穴に逃《に》げ込み、休息を得ることができていた。

しかし、それだけだ。

怒《いか》り狂《くる》うニルギネルゼンが、周辺一帯を睥睨《へいげい》し続けている。この洞穴を一歩でも出てしまえば、今度こそどこにも逃げられないだろう。そして老人の手には、もはや、その爪を逃《のが》れるための剣の一本すらも、残されてはいないのだ。

『其方も理解しているはずだ。もう、安い意地を張っている場合ではないと』

「そう言ってもな。あいつを殺してくれって願ったら、叶うのか？」

『それは……難しい。人間は自分の想像力の範囲《はんい》内でしか願いを持てず、竜種《ドラゴン》の死は人間に想像できる概念《がいねん》ではない』

「まあ、そんなとこだろうな」

特に残念がる様子もなく、老人は頷《うなず》いた。

それは、願いを叶《かな》える力が持つ、どうしようもない限界だった。

過程を省略して結果を導く力であるからこそ、知らない概念を実現できない。目指そうとしている結果を、自分の願いの具体的な姿を、しっかりと定めなければ発動しない。

「だったらしょうがない。人間《おれ》は人間《おれ》の手の届く範囲で、もう少し頑張《がんば》ってみるさ」

『だが、其方にはもう、武器がない。ただ死にに行くようなものだ』

「かもな。まあ、何とか相討ちくらいにはもってってみせるさ」

ぶっきらぼうに言って、岩壁に背を預ける。

『……ここから其方を逃がすことは、できる。どこかに帰りたいと言えば、誰かに会いたいと願えば、それらを間違《まちが》いなく現実に重ねてみせる』

「はは。そいつは魅力《みりょく》的だ」

『だったら――』

「でも、今じゃあないな。また今度、頼《たの》むよ」

また今度。

ああ、この状況《じょうきょう》に至ってなお、この男はそう言うのか。

『まさか、最初から、そのつもりだったのか？』

「ん？」

『願いを言う気など、最初から無かったのだろう。我《われ》を連れまわし、からかって、面白《おもしろ》がっているだけだったのではないか？』

精霊《せいれい》は、この苦境に何もできない我が身に苛立《いらだ》ち、感情を持て余していた。だから、理《り》屈《くつ》のない、ただの言いがかりのつもりでそう言った。そして、

「ん……ああ、まあ、半分は正解だ」

予想もしていなかった返事を聞いた。

「悪《わり》ぃな。ズルをしてた。俺の願いは、なんつうか……言わなくても、お前が勝手に叶えてくれてたからな」

『何、を……』

「一人旅には飽きてた。俺の戦いに付き合わせても簡単には死なない、丈夫《じょうぶ》で強《したた》かで、

ついでに賑《にぎ》やかな旅仲間が欲しかった。なにかと失ってばかりの人生だったせいかね。なんつうか、けっこう幸せだったんだよ、お前といた時間が」

男は、たぶん作り物であろう、うっすらとした笑《え》みを浮《う》かべる。

「そいつもそろそろ潮時だな。長い間、付き合わせて悪かった」

『そんな、こと、を……』

「さあ、俺の願いを言うぞ、神片《しんぺん》精霊カイヤナイト。そいつを叶えればお前は自由だろう、どこでもいいから行っちまえ」

『……待て。待って、くれ……』

精霊の懇願《こんがん》を聞きもせず、少なくともそんなそぶりは見せず、老人は一方的に、要求を言葉にして突《つ》き付けてきた。

『我は――』

「何でもいい。お前自身の願いを、叶えてくれ。それが、俺が、お前に託す願いだ」

『この日々が終わっても、きっと――A』

- senior's sword -

1. 探し人はいずこに

創られた鳩《はと》がまた、大空へと飛んでゆく。

機密ですからね、絶対黙《だま》っててくださいよ、とシリルはぶつぶつ言っていた。


青い顔のアデライードが、ベンチに腰掛《こしか》け俯《うつむ》いている。

リーリァはその隣で、頭を掻《か》いている。話しかけづらい。

アデライードの指先がしきりに、自分の金髪《きんぱつ》をくるくるといじっている。落ち着かない時の癖《くせ》か何かなのだろうが、正直、今は見ているほうが落ち着けない。

「あのさ」

ためらい交じりに、声をかける。

「なんであんたが、そんなに追いつめられた顔してるわけさ。そのヨーズア叔父《おじ》さんが何か企《たくら》んでるってのは予《あらかじ》めわかってたんでしょ？　エマちゃん個人に深い縁《えん》があるっていうならまだしも、他人のはずでしょ」

ゆっくりと、アデライードがこちらを見た。何かを言おうと小さく唇《くちびる》を動かし、一度

閉じてから、

「そういうきみは、落ち着いてるね。そのエマちゃんとは友達、なんでしょ？」

「あたしはまあ、そういう風に訓練してるからね。焦《あせ》っただけであの子が助かるなら、いくらでも大慌《おおあわ》てしてみせるけど、そういうわけじゃないし。落ち着いていたほうが勝率が高いんだから、そうするだけ。それに――」

それに、こういうことは初めてではないのだ。

守りたいと思った相手が、自分の手の届かないところで危機にさらされている。助かるかどうかはいまだわからず、ただ焦燥《しょうそう》の中で時を過ごし結果を待つしかない。そして、結果を受け入れるしかない。

そういうことがこれまでにも何度かあって。

そしてそのたびに、あいつが――

(――ここにいないやつのこと、考えても仕方ないか)

首を振《ふ》って、雑念を振り払《はら》う。

「さっきの話。極位古聖剣《けん》ゼルメルフィオルの適合者候補、って言ってたけど」

「……言ったね」

「あれ、どういう話？　知らないはずないとは思うけど、その剣は」

「もちろん知ってる。古聖剣はどれも気難しくて、使い手に選ばれる——適合できる者は非常に限られている」

そう。そこまでは、それなりに有名な話である。そして、リーリァのような勇者《ブレイブ》はもちろん、古聖剣について詳《くわ》しく知る生業《なりわい》の者であれば当然、その先も知っている。

たとえば、セニオリス。歴史上確認《かくにん》できている使い手は七人。データが充分《じゅうぶん》ではないため正確なところは不明だが、柄《つか》を許す相手はいずれも歴戦の戦士であった。故郷や戦友を失う経験が必要なのではないかと囁《ささや》かれていた時期もあったが、幾度《いくど》かの実験——詳細《しょうさい》は史書に記されていない——を経て、少なくともそれだけでは条件を満たすことはできないらしいと判明しただけだった。

たとえば、モウルネン。歴史上確認できている使い手は十五人。古聖剣の中では最も条件が緩《ゆる》いとされて、柄を許す条件もほぼ判明している。いわく、『前の使い手に心から信頼《しんらい》され意志と未来を託《たく》された者』であればよい。しかしモウルネン自体が極《きわ》めて暴走しやすい特性を持った剣であるため、実際にこの剣が表舞台《おもてぶたい》で振られた記録は少ない。

そして、ゼルメルフィオルは。

「歴史上確認できている使い手はたった一人。正規勇者《リーガル・ブレイブ》の二代目、リュシル・ザクソイト。後にも先にも、彼女を除いてゼルメルフィオルを正しく起動できた者はいない。それどころか、試みた者が全《すべ》て、剣に喰われた」

　そう聞いている。

　いわく、リュシル以降にゼルメルフィオルに意を通そうとした者は、例外なく、変質するのだという。体色が変わり、輪郭《りんかく》と骨格が溶《と》け、筋肉と臓器が均一化して。最終的には、翠銀《すいぎん》色のぶよぶよした何かになり果てるのだと。

（翠銀色――）

　また何かがリーリァの胸に引っかかった。しかしその正体を考察するよりも先に考えなければいけないことがある。

「それが、どうしたの。もう讃光《さんこう》教会は、ゼルメルフィオルを戦力としては考えていない。未来永劫《みらいえいごう》新たな使い手は生まれないだろうと諦《あきら》めてる。神殿《しんでん》の思いっきり奥で厳重に封《ふう》じられて、埃《ほこり》をかぶってるはずだけど」

「それ、偽物《にせもの》。本物は五十年くらい前に運び出されて、海を渡《わた》った」

「……なんと」

　言われてしまえば、そういうこともあるかもと思う。

　なにせ古聖剣を古聖剣たらしめているのは、現代の技術では再現できないレベルにある高性能だ。起動して真贋《しんがん》を確認することができない以上、五十年だろうと百年だろうと、バレないことにはそれほどの不思議はない。

「いろんなところを行き来してたみたい。でも十年くらい前からはずっと、うちの叔父さんが——ヨーズア・アステリッドが隠《かく》し持ってた。わたしも、そこまで調べがついたのはつい最近。具体的にどこに隠してるのかまではわかってない」

「わっかんないなぁ」

まぁ、ショッキングな話ではある。讃光《さんこう》教会に報告するべきか否《いな》か迷うところだ。立場的には黙っているわけにはいかないが、個人的には、どうあれ道具に埃を被《かぶ》せたままにしておくのはもったいないと思えてしまうのだけど。

それはそれとして、やはり、そう、理解できない点がある。

「今の話からすると、そのミスター・ヨーズアは、ゼルメルフィオルの次代適合者になりそうな人間を探してる。そして見つけたのがエマちゃん。てことだよね?」

青ざめた顔のまま、アデライードは頷いた。

「やっぱりわからない。そりゃゼルメルフィオルが使えるようになったら大偉業《いぎょう》だけどさ。私物化して使えるようなものじゃないのに、いち個人が、莫大《ばくだい》なリスクを背負ってまで、秘密で追い求めるようなことでもないでしょ」

「うん」

「歯切れ悪いぞ」

「わたしにも、わからない。きっと、わたしたちには、わからない」

シリルがエマの居場所を見つけるまでにはまだ少し時間がかかる。言い換《か》えれば、自分たちにはもう少しだけ、状況《じょうきょう》に備える時間がある。

「あのおじさん側が、何も備えてないってことはないよね。いちおう念のため、あんたの工房《こうぼう》からセニオリス回収できる？」

「してもいいけど、たぶん意味がない。浄化《じょうか》作業の途中《とちゅう》で、いまちょうど、いろんな機能を麻痺《まひ》させた状態」

「というと？」

「寝《ね》ぼけてるから、きみのことがわからないはず」

「……まあ、そこはダメで元々ということで、一応試してみようよ」

少し考える。

「他に戦力になりそうな人の心当たりは？　あんたのとこの手下とか」

「アステリッドの私兵は、誰《だれ》に叔父さんの息がかかってるかわからない。わたしの個人的な腹心はそんなに人数いないし、今はあちこちに散ってもらってるから集めるのにも時間がかかる」

「じゃあ、冒険者《アドベンチャラー》を雇《やと》うとか。この国にも、いないわけじゃないんでしょ？」

「もう少し時間があれば、名案だったかもね」

はて。それはどういう意味か。

「もうすぐ、大海蛇《おおうみへび》の群れが襲《おそ》ってくる季節なの。それに備えてどこの組織も外から援軍《えんぐん》を呼んでる。それで腕《うで》のいい冒険者《アドベンチャラー》が一時的に増えたりもするんだけど」

「時季としてはまだ少し早い、ってことか」

中には、今のうちから現着する、気の早い冒険者《アドベンチャラー》もいるかもしれない。しかしそういう人たちを探し出して交渉《こうしょう》する時間も今の自分たちにはない。

「うちも、今回のセニオリスの貸しを使って準勇者《クアシ・ブレイブ》を何人か派遣《はけん》してもらうことになってるんだけど……」

そういえば、そんなことを言っていたような。

「……いつ来てくれるのかも聞いてないし、たぶん来週くらいじゃないかな」

「なるほどねぇ」

空を見上げた——陽《ひ》が傾《かたむ》いている。夜が近い。

だからどうということもない。夜は夜であり、それ以上のものではない。けれど人は昔から、太陽の見えないその時間に特別な意味を見出《みいだ》し続けてきた。それは野獣《やじゅう》の時間である。それは魔性《ましょう》の時間である。それは死者の時間である。
いずれも、夜への恐怖《きょうふ》やら憧《あこが》れやらから生まれた幻想《げんそう》だ。大した根拠のある言葉では
ない。しかしそれでも、あるいは幻想だからこそ、人はそれを忘れることはできない。
翳《かげ》り行く空を見ながら、不安をかき立てられずにはいられない。
（――まいったな）
必要であれば知人の危機にも平常心を保つ、その訓練も受けている、そうアデライード
に対して吹《ふ》いたばかりだ。なのに、心は凪《な》いでくれない。さざ波が止まらない。
心が揺《ゆ》れれば、身の内に蟠《わだかま》る呪詛《じゅそ》が勢いを増す。かすかな眩暈《めまい》を感じ、リーリァは深
呼吸を繰《く》り返した――落ち着け。今はそうすることが必要だ。

「――勇者様」

どこか苦いものを噛《か》んだような、シリルの声。

「見つかった⁉」

視線を地上に引き戻《もど》す。シリルの姿を認め、ぎょっとする。

両目から、赤いものが滴《したた》っている。

「ちょっと、それ⁉」

「見つかったといいますか、いないといいますか……どちらとも言いがたいところですね。発見はできませんでしたが、やばい場所の特定はできました」

「いや、何で平然としてるの⁉　汚《よご》れた手でこすったりした⁉」

「砂場で遊んだ子供ですか私は。別に大したことじゃありません、幻獣と視覚を繫《つな》いでいたので、喰われた際に反動が来ただけです」

「シリル」

情けない声を出してしまったと思う。

「私のことは心配ご無用。子供の前で虚勢《きよせい》を張るくらいの甲斐性《かいしよう》は持ち合わせているつもりですからね、ええ」

虚勢ってあんた。自分で言うか、胸張って言うか。

「ともかく、こんなものは放《ほう》っておけば治ります。それよりですね」

指さした先には、朱色《しゆいろ》に染まり始めた海。

「とんでもないものが、向こうにあります。視覚を近づけただけで、呪蹟《ソーマタージ》の構成そのものをほとんど消されました――それほどやわな図式ではなかったはずなんですけど」

やれやれと首を振《ふ》り、ついでに頰《ほお》を伝う血を袖《そで》でぬぐう。

「詳細についてはわかりませんが、これだけは言いきれます。エマさんは、その中心地近くにいるはずです」

2. 古聖剣の贄《にえ》

病――後に翠銀斑病《すいぎんはんびょう》と呼ばれるそれ――は、全身に大きな痛みを伴《ともな》う病だった。病自体の致死《ちし》率も高かったが、それ以上に、翠銀斑病の進行が止まった後で別の病を併発《へいはつ》し、体力不足のまま死んでいく者のほうが多かった。そのため、翠銀斑病自体の治療《ちりょう》法はまるで見つからずとも、その患者《かんじゃ》はまず施療院《せりょういん》へと運び込まれた。

薬によって朦朧《もうろう》とした意識と、ぼんやりとした視界。施療院の白いベッドの上で、その当時のエマは、家族のことを考えていた。

最初に倒《たお》れ、病に苦しんでいた父。

その父を看護し、果てには自分も倒れた母。

そして、その後を追っている自分。

きっと自分は助からないだろうと、エマは感じていた。両親と同じように、翠銀に体のあちこちを蝕《むしば》まれて死ぬのだろうと。それはもう仕方がないとして、そうなると心配になるのは姉のことだ。ああ見えて寂《さび》しがり屋のあの姉は、一人きりで家に残されて、どんな思いをするのだろうと。できれば、せめて、猫《ねこ》でも飼って賑《にぎ》やかに過ごしてほしいなと。そんなことを考えていた。

扉《とびら》の開いた音。

気配が病室に入ってきて、エマのベッドのすぐ傍《そば》に立った。

『さよならだね、エマ』

薬に歪《ゆが》められてか、その声も、うまく聞こえなかった。

『わたしの買い手が見つかったんだ。すごい額だったんだよ？　あれだけあれば、ここの入院費用も薬代も賄《まかな》い切れる。お父さんもお母さんもだめだったけど、きみは、きみだけは、生き延びられるの』

手を、優《やさ》しく握《にぎ》られた。

額に、優しいキスが触《ふ》れた。

視界がぼやけていても、声がぶれて聞こえていても、肌《はだ》に触れたぬくもりは確かに感じられた。

『もう会えないと思うけど、でも、きみのことは守るから。これからずっと、遠いところから、ちゃんと守ってるから』

（………おねー、ちゃ………）

『じゃあね』

その手を包んでいたぬくもりが、どこかに消える。

（まって……おねーちゃん……）

制止の言葉は、声にならない。

気配はベッドの傍《かたわ》らを離れ、どこかへと消えた――

†

世界が、揺り籠《かご》のように揺蕩《たゆた》っている。

「あ、う……っ」

鈍《にぶ》い頭痛に押し出されるようにして、エマは夢から醒《さ》めた。

そこは――家族の待つあの家などではなかった。だから少女は現状を確認《かくにん》するために、意識して自分の記憶《きおく》を確認しなければならなかった。

確か、そう。自分はさらわれたのだ。

そして、さらわれて監禁《かんきん》されたその場所からさらに強奪《ごうだつ》されたのだ。

御伽噺《おとぎばなし》のお姫様《ひめさま》のようだ、と思えたらまだしも気が楽だったかもしれない。しかしどちらかというと、盗賊《とうぞく》団に奪《うば》い合いされる金塊《きんかい》の気分だった。

（……あの黒い服のひとたち……殺されてた……）

前の監禁場所で意識を失う前、血の赤を見た。海の近くに住んでいるのだから魚の血などは見慣れているが、それとは明確に違《ちが》っていた。そして、生きている人間が流してはいけない量だった。

胃のひっくり返りそうなほどの、強烈《きょうれつ》な吐《は》き気を自覚する。

そして――今さらな話ではあるが、吐き気の理由が、その血の記憶だけではないことにも気づく。この場所には、異様な臭《にお》いが満ちている。腐臭《ふしゅう》とは少し方向性の違う、強烈に濃縮《のうしゅく》された、圧倒的《あっとうてき》な生臭《なまぐさ》さ。

（う……）

無意識に身をよじろうとして、失敗する。

エマは、椅子《いす》に座っていた。

正確には、椅子に座る形で体を固定されていた。白い麻布《あさぬの》で作られた拘束衣《こうそくい》が全身を縛《しば》っている。凶悪《きょうあく》な罪人を締《し》め上げるための道具だ。さすがに子供用に設《しつら》えられたものではないらしく、あちこちのサイズが噛み合っていないが、拘束という目的はきちんと果たしている。つまり、どうやっても動けない。

悲鳴をあげようとして、それも無理だと気づく。口にタオルのようなものを突っ込まれている。声が出せない。


「ああ、目が覚めたのか」

――同じ部屋に、人が、いた。


「調子はどうだい？」

もがくのをやめて、エマはそちらへと首を巡《めぐ》らせた――ほぼ全身の自由を奪われたこの状況《じょうきょう》で、首を固定されていなかったことに、感謝に似た気持ちを抱《いだ》きながら。

初老くらいだろうか、男が立っている。

穏《おだ》やかな表情。落ち着いた雰囲気《ふんいき》。それはつまり、平凡《へいぼん》ということでもある。会った場所が街中であったなら、気にも留めずにすれ違っていただろう。だが、悪臭に満ちたこの部屋の中では、それは逆に異様なものに見えた。

「本当は、もっと慎重《しんちょう》に招くつもりだったんだよ。本当だ。君の前に何人かを招待したんだけど、強引《ごういん》にやりすぎたせいで、すっかり事件扱《あつか》いになってしまったからね。『笑い猫』なんて名前までついて」

（……わたし……なんで、わたし……？）

混乱したままでも、疑問は浮《う》かぶ。しかしそれを言葉にすることはできない。

「ああ、人違いではないよ、エマ・コルナレス。私が用があるのは、まさしく君だ。七年前、古聖剣《けん》ゼルメルフィオルの洗礼を受けて、その身に色濃《いろこ》い翠銀《すいぎん》を残しながら、それでも生き残ってみせた少女」

名指しで言われても、やはり、意味がわからない。

「事情がわからない、という顔だね」

当たり前だ。

「説明すると長くなるんだ。まず……そうだね、聖剣《カリヨン》というものがある。大陸のほうでは、勇者たちの武勇伝に出てくる定番のギミックということで、それなりに有名らしい。使い手が武器を選ぶのではなく、武器が使い手を選ぶ。気難しい連中だよ――」

ゆっくりと、近づいてくる。わけのわからないことを言いながら。

エマは悲鳴をあげることすらできず、その接近を震《ふる》えて待った。しかし覚悟《かくご》していたような乱暴の類《たぐい》はまるでなく、男の手は、優しく、エマの体を拘束する金具のいくつかを外す。

椅子に固定される身から解放され、思わずエマは立ち上がろうとしてしまった。が、体を締め付ける拘束衣そのものはそのままだったため、バランスを崩《くず》し椅子から転げ落ちそうになった。

男の手が「おっと」と伸《の》びて、エマの体を受け止める。そしてそのまま、胸元《むなもと》に抱《かか》え上げる。ふだんあまり力仕事をしないのだろうか、男の腕《うで》は細かったが、それでも苦も無く抱えていられるくらいに、エマの体は小さい。

「大丈夫《だいじょうぶ》かな？」

優しい声。ぞっとするくらいに。

「――聖剣《カリヨン》の中でも、特に古くて強力なものは、どれも筋金入りの面食いでね。認められた使い手が、歴史をひも解いても数えるほどしか見つからない。というか、ここからは推測も入るんだが、実は――」

わけのわからない話を再開しながら……男は歩き出した。

部屋の、奥へ。

抱《だ》きかかえられたままのエマは、男の手から逃《のが》れようともがく勇気すら持てず、ただ震える目を前方へ向ける。大きく開け放たれたままの扉がある。角度の問題で、その部屋の奥に何があるかは、椅子の上からではわからなかった。そして今、男の歩みがその扉に近づくにつれて、部屋の様子が少しずつ見えてくる。

「――それぞれの剣が実質上ひとりきりしか使い手を想定していない」

そして――異臭もまた、強くなってゆく。

「聖剣《カリヨン》と古聖剣の決定的な違いは、おそらくそれだ。古聖剣は優《すぐ》れているのではない、むしろ未完成品なのだ。護符《タリスマン》という願いを束ねただけではなく、特定の願いを抱く使い手を組み込んで初めて聖剣《カリヨン》として機能する。だから、古聖剣は常に試《ため》している。探している。自分を委《ゆだ》ねるべき相手をではない。自分の一部、自らの化身《けしん》たる使い手を」

熱に浮かされたように語るその声は、もうエマには聞こえていない。

少女の心の中は、もう、純粋《じゅんすい》な恐怖《きょうふ》に占《し》められて他《ほか》のものが入る余地がない。

その部屋には、これといって、何があるわけでもなかった。ただその床《ゆか》には大きな穴が開き、下の部屋の様子が直接見てとれた。

そこに、それらは在った。


それらは、翠銀色をしていた。

それらは、ゆるく脈を打っていた。

それらは、呼吸をしていた。

それらは、群れを成していた。

それらは――

悲鳴をあげられたならば、喉《のど》が裂《さ》けるまで叫《さけ》んでいただろう。けれど口に詰《つ》め込まれた異物がそれを許さなかった。だからエマは暴れようとした。しかしそれすらも拘束衣に阻《はば》まれてしまった。

「他の古聖剣と同じように、古聖剣ゼルメルフィオルもまた、使い手を求めている。しかしひとつだけ、異なるところがある。ゼルメルフィオルは、自身の使い手を、白ら造り出すことができるという点だ――」

エマの体が小刻みに震える。震えることしかできなかった。

心の中には、なぜか安らぎと期待が膨《ふく》らんでいた。自分がゆくべきだった場所、たどりつくべき場所がすぐ近くにある。そんな実感が湧《わ》いてくる。当然あるべき生理的嫌悪感《けんおかん》がまるでない。その事実が、エマを怯《おび》えさせる。

「――この先人たちが気になるかい？　彼らは、ちょっとだけかみ合わなかったんだ。この剣《ゼルメルフィオル》が求める古《いにしえ》の英雄《えいゆう》に変わることができなかった。中途半端《ちゅうとはんぱ》にしか変成できなかった果てが、この姿だ。だが、君ならばさらにその先に至ることができると、信じているよ……」

男の声は、どこまでも一貫《いっかん》して穏やかで。

それはまるで、穏やかでいようと自らを強く律してのもののようで。

そのことに気をとられた一瞬《いっしゅん》に男は歩みを進め、穴の縁《ふち》へと近づく。そして、鉢《はち》の小魚に餌《えさ》をやるような気軽な——それでいてどこか愛情を感じさせる手つきで、腕に抱えていたエマを、階下に放《ほう》り落とした。

3.「何でもないもの」

バゼルフィドル最外縁《がいえん》。海底が浅いうえ比較的《ひかくてき》海流がおとなしい辺りには、百に届く数の船が港に入らず錨《いかり》を下ろした海域がある。

「ごめんね持ち主のひとたち、ならびにお魚さんたち！」

謝罪の言葉を放ちつつ、少女は一隻《せき》の甲板《かんぱん》を蹴《け》り、高く跳躍《ちょうやく》する。爆発《ばくはつ》じみた音と衝撃《しょうげき》に、決して小さくなかったはずのその船は大きく揺《ゆ》れ、甲板に張られていた鉄板に大きなへこみが刻まれる。

足場に大きなダメージを残しながらも無理やりに飛距離《ひきょり》を伸ばした跳躍。離《はな》れたところに繋泊《けいはく》されていた一隻に着地し、再び甲板を蹴りつける。まばらに現れた船員たちが当惑《とうわく》したり怒《いか》りの声を上げたりしているのを、すべて背後に置き去りにする。

魔力《ヴエネノム》の賦活《ふかつ》と、地錬《ちれん》系体術の組み合わせ。人類の限界を一歩踏《ふ》み越《こ》えたところまで至らないと扱えない技《わざ》だ。そんな豪勢《ごうせい》なしろものをさらにふたつ掛《か》け合わせれば、こういう、重力をほぼ無視したような機動も可能になる——

「……いや、おかしいでしょ……なんで生身でできるの、そういうこと」

すぐ隣《となり》を並走するアデライードが、呆《あき》れた声で言う。

「いや、ぴったりついてきてる人に言われたくはないかな？」

「こっちはフルに奥の手使ってるんだけど……」

風の音。アデライードの手袋《てぶくろ》——の形状をした何か——が、強い風を噴出《ふんしゅつ》している。それだけで自由に空を飛べるというほどの出力ではないが、自身の跳躍距離を大きく伸ばし、空中での姿勢を制御《せいぎょ》するくらいなら、なんとかなるらしい。

（いや、奥の手だろうと何だろうと、なんとかなってる時点でいろいろおかしいよね？）

本来、個人で携行《けいこう》できる小型の護符《タリスマン》でできるような規模の話ではない。

そういう特筆能力《タレント》が発現する聖剣《カリヨン》もあったような気もするが、それも、刀身ひとつの構成をもってその能力ひとつきりしか発現できていなかったはずだ。

（……護符《タリスマン》の『天才』、か）

リーリァ自身、よくそう呼ばれる身だ。だからわかることがある。天賦《てんぷ》の才。天に与《あた》えられた――つまりは人が理解を放棄《ほうき》した才能。理解されないから、誰《だれ》と肩《かた》を並べることもできない。一人きりの戦場で、一人で戦い続けるしかない。それがどういう気分のものであるかを、おそらく、自分たち二人は共有できる。そのことに、ほんの少しだけ、不思議な感情をかき立てられたりもする。


このあたりの海域は、倉庫海域などと呼ばれているらしい。

『港に出入りすると、いろいろ手続きがいるじゃない？　だからああやって、倉庫船を港に入れずにすぐ近くの海に泊《と》めとくわけ』

そう、説明を受けた。

『もちろん許可申請《しんせい》はいるし、積み荷リストの登録義務もあるんだけどね。そのへんは裏の事情がずぶずぶで、実質野放しの無法地帯。陸に比べて泥棒《どろぼう》にやられる心配も少ないし、見られたくないものを隠《かく》すのにも最適』

『ついでに、便宜《べんぎ》を図《はか》る側の組織にとってはいい収入源、とか？』

『ノーコメント』

目的地に迫《せま》る。黒い、中型の木造船。

気密を気にしているのか、幾重《いくえ》にも油で塗《ぬ》り固めてあるのが遠目にもわかる。

（けっこう堅《かた》そうかな、これは……）

木製の船とはいえ、ここまで固めてあれば、下手《へた》な石製よりもよほど頑丈《がんじょう》だ。破城槌《はじょうつい》か、それに匹敵《ひってき》する破壊《はかい》力を持ってこないことには破れないだろう。

リーリァはベルトに差していた短杖《たんじょう》を抜《ぬ》いた。先ほどの襲撃《しゅうげき》者たちが使っていたものを一本拝借してきたのだ。武器としての出来は悪くないがあくまで対人制圧用、細身で軽量で華奢《きゃしゃ》で、つまりは威力《いりょく》に欠ける一振《ひとふ》り。ついでに言えば、刃《は》がついていないので斬《ざん》撃《げき》には向いていない。

「ほっ」

振るって――船体の海面よりちょっとだけ高い位置に、ひと一人が余裕《よゆう》をもって潜《くぐ》り抜けられるだけの穴を切り開けた。

剣《けん》の達人がよくやると言われるデモンストレーションに、小枝を振るって紙を切る、のような芸がある。あれの応用でできたりしないかなーと思って試してみたのだが、うん、なかなかうまくいった。

「え」

「お先っ」

ぴたり動きを止めたアデライードをよそに、船内に飛び込む。強襲作戦は速度が命、敵がこっちに気づいて態勢を整える前にできる限り深くまで進入しなければならない。

†

目当ての部屋は、探すまでもなく、すぐに見つかった。

広い部屋だった。窓のひとつもない。

灯《あか》りらしいものは何ひとつ見当たらないが、その必要もほとんどない。部屋の半分以上を、巨大《きょだい》な硝子《ガラス》製の水槽《すいそう》が占めている。その中に無造作に詰められたぶよぶよとした何かが、淡《あわ》く光を放っていたからだ。

そのぶよぶよは、いずれもふくらみきった海月《くらげ》のように形を持たなかったが、いくつかは原形の痕跡《こんせき》をわずかなりと残していた——つまり手足らしきものが生えていたり、頭髪《とうはつ》らしきものが残っていたり、目鼻とおぼしき凹凸《おうとつ》が窺《うかが》えたりもした。

(——これは……)

リーリァは、この現象を知っていた。


古聖剣ゼルメルフィオル。

人を喰《く》うと伝えられている剣。

具体的には――資格のない者がゼルメルフィオルに触《ふ》れれば、「人」としての在り方そのものを蚕食《さんしょく》される。翠銀《すいぎん》色の、なんだかよくわからない塊《かたまり》に変えられる。

死ぬ、わけではない。命は失わない。だが、それだけだ。

もとに戻《もど》る術《すべ》はない。人間としてのその人物は、永久に失われている。


知識にはあっても、当然、実際に見るのは初めてだった。

大抵《たいてい》どこの宗教にも、終末論のひとつやふたつはあるものだ。そして、讃光《さんこう》教会が大きくなっていく過程で飲み込んだ小さな教えの中に、こんな感じのものがあった。終末の使者は緑色の汚泥《おでい》である。海のごとく無限に広がったそれは、あらゆるものを溶《と》かし飲み込んで、果てには世界を広大な海にしてしまうのだという。

意味のない連想。しかし、目前のそれは、思わずそんなことを考えてしまうくらいには異様で、そして常識からかけ離れた光景だった。

「この人数は……」

水槽は大きい。肉塊《にっかい》ひとつひとつの大きさもそれなりではあるが、この水槽を埋《う》める数となれば、十や二十ではきかないだろう。それがつまり、この地でゼルメルフィオルに触れた者の最低数ということになる。

(実験？　にしても、そこまでの数をどうして……)

「エマ⁉」

震《ふる》える、アデライードの叫びを聞いた。

その視線を追う、までもない。ほぼ同時に、リーリァの視線もその場所へと吸い込まれていた。水槽の中、ぶよぶよの中心点、そこに形も色合いも周囲と異なる物がひとつ浮遊している。

黒い、髪《かみ》の毛。

ぞわりと、背筋を黒い気持ちが撫《な》でた。憤怒《ふんぬ》と焦燥《しょうそう》のカクテルが、思考よりも早くリーリァを動かす。間合いを踏み殺すと、短杖を正面から突《つ》き入れる。技ではなく力だけで叩《たた》き込んだその一撃を受け、放射状に罅《ひび》が広がると、水槽は内側から弾《はじ》け飛ぶ。

硝子に塗り込まれていた、おそらく強度をあげるためのものだっただろう呪蹟《ソーマタージ》が、蒼《あお》い光に弾けて消える。同時にリーリァの手の中の短杖が、あっけなく砕《くだ》けた。

「下がって！」

警告の叫《さけ》びをアデライードに残して、もう一度跳躍。まだ宙を舞《ま》っている硝子の破片《はへん》を手で払《はら》いのけ、崩《くず》れてくるぶよぶよを踏みつけて、髪の毛のすぐ近くに手刀を突き入れた。煮崩《にくず》れた肉を貫《つらぬ》くような感触《かんしょく》とともに、指先が簡単に翠銀色の中に沈《しず》み込む。

煮えた油を浴びたような激痛。

（――熱じゃない、これは――）

これは侵食だ、とリーリァの経験は判断した。人間の肉体と精神は、別のものに変化させられようとしたときに痛みを感じるようにできている。肉が灼《や》かれて灰に変えられる時とよく似た質の感覚が、少女の神経を直撃した。

間違《まちが》いない。これが、ゼルメルフィオルによる侵食だ。いま自分はゼルメルフィオルそのものに触れているわけではないが、どうやら剣の犠牲者《ぎせいしゃ》たるこの肉塊どもは、なぜかその性質を受け継《つ》いでいる。

「な……めるなぁっ！」

リーリァ・アスプレイは正規勇者《リーガル・ブレイブ》である。勇者《ブレイブ》という肩書《かたが》きは、それ自体が一種の呪《のろ》いのようなものだ。捨てることも、別の何かで上書きすることもできない。だからこそ、吸血鬼《ヴァンピリック》の放ったあの膨大《ぼうだい》な呪詛《じゅそ》を受け切ることができた。今さらこんなものに屈《くっ》しているようでは、あの吸血鬼《ヴァンピリック》に申し訳が立たないというものだ。

肉の中を泳がすように手を動かす。

むんずと、指に触れたものを摑《つか》み、そのまま力任せに引き抜いた。

果たして――それは確かに、人間だった。翠銀に塗《まみ》れ、拘束衣《こうそくい》に全身を縛《しば》られているが、容姿も体格も、エマ・コルナレスのそれと一致《いっち》した。だが、

(――まずい)

心中で舌打ち。エマを引きずり出したばかりのその穴から、少し濁《にご》った翠銀色が勢いよく噴《ふ》き出してくる。

リーリァは身をひねりその噴流《ふんりゅう》の直撃を避《よ》けつつ、

「アデライード!」

名を呼び、エマの体を背後に投げ渡《わた》す。

アデライードが腕《うで》を伸《の》ばし、それを受け止める。飛沫《しぶき》がかかる。手袋から煙《けむり》が噴きあがる。顔を苦痛に歪《ゆが》める。それでも、少女はエマを離《はな》さず、胸の中に抱《だ》き留めた。

二人、ぶよぶよの山から距離《きょり》をとる。顔を見合わせ、

「……エマちゃん、ハイイロ汚染《おせん》にかかってる」

「え……」

ハイイロ。「自身が何であるかを忘れさせられてしまった物質」の通称《つうしょう》だ。

「でも、どうして」

「わかんないけど真相究明は後回し！」

ハイイロ汚染というのは、深い地下迷宮《メイズ》を長時間探索《たんさく》していた冒険者《アドベンチャラー》に起こる病症《びょうしょう》のひとつだ。心身が「自身が何であるか」を忘れ始める。体がうまく動かず、自我が薄《うす》れ、そのうち無機質な塊になり果てる。その際、金属的な光沢《こうたく》を持つ灰色に近づくことが多い。

幸い、不治の病の類《たぐい》ではない。原因となる地下迷宮《メイズ》から引きはがしてしまえば、時間とともに回復する。治ってさえしまえば、基本的に、後遺症も残らない。

（――でも、それも、人間として生きていてこその話……）

肉に埋まっていたのだから当たり前だが、自発呼吸をしていない。

床《ゆか》に寝《ね》かせ、口に押し込まれていたタオルをむしりとる。

気道を確保し、唇《くちびる》を合わせて息を吹《ふ》き込む。

幾度か繰《く》り返したら、軽く咳《せ》き込んだ後に、かすかにだが胸が上下を始めた。アデライードが息を呑《の》む。リーリァは顔を上げ、唇から伝う唾液《だえき》の糸を袖《そで》でぬぐう。

拘束衣を裂《さ》き、体のあちこちに触れて確かめてみたが、骨が折れたり溶けたりしている気配もない。ふう、と余った息を吐《は》いてリーリァは身を起こす。

「ひとまず、大丈夫《だいじょうぶ》……かな」

「そう……」

リーリァは腕を伸ばし、

「エマちゃんがこの程度で済んだのは、さっきあんたが言ってた話のアレかもね。適合者候補とやらだったから、抵抗《ていこう》力があったのか」

「そう……だね、うん」

答える声に力がない。

「なに動揺《どうよう》しまくってんの。あんた、事情摑んでるんじゃなかったの？」

「調べはしてたし、結論も出してたし、それが正しかったことも確認《かくにん》したよ。でも」

一息を挟《はさ》んで、

「やっぱり、いろいろ信じたくなかった……の、かな」

「は？」

よくわからない。続きを待ってみたが、アデライードは何も言わない。

「まあ……そのへんの話は、落ち着いてから片付けよっか」

言って、リーリァは立ち上がる。

首だけで、振り返る。

　水槽が砕かれ、狭《せま》い空間から解き放たれたぶよぶよたちが、奇妙《きみょう》な痙攣《けいれん》を始めていた。リズムらしいリズムのない、不規則で不安定な振動《しんどう》。それは――のんびりと傍観《ぼうかん》していたわけでは決してないのだが――見る間に勢いを増し、そして膨張《ぼうちょう》を始めた。

「きゃ……っ⁉」

　アデライードが驚愕《きょうがく》して、それを見上げる。

　そのすぐ隣《となり》、リーリァは動揺こそしなかったが、苛立《いらだ》って内心で舌を打つ。

（予想していなかったわけじゃない）

　ただ確信していなかっただけだ――と、言い訳めいたことを静かに呟《つぶや》く。

　先ほど砕いた水槽は、封印《ふういん》というか、事態の進行を押し留《とど》める防波堤《ぼうはてい》のような役割も果たしていたのかもしれない。今となっては確かめようもないし、その意味もないが。

　確かめるべきは、もっと別のこと。

　あれらは、ゼルメルフィオルによって「何でもない」存在へと書き換《か》えられた犠牲者たちだ。そこまではいいとして、問題はその理由だ。そもそも、なぜゼルメルフィオルは、人を喰らうのか。

　人という素材を消費して、そのことによって、何を為《な》そうとしているのか。

古聖剣はいずれも気難しく。

使い手に選ばれる者は、非常に限られている。

そして、ゼルメルフィオルの使い手となった人間は、歴史上一人だけしか存在しない。

大昔の正規勇者《リーガル・ブレイブ》、リュシル・ザクソイト――


翠銀《すいぎん》色のそれらが、激しく振動している。

翠銀色のそれらが、膨《ふく》らんでゆく。

翠銀色のそれらが、輪郭《りんかく》を失う。

翠銀色のそれらが、互《たが》いに溶け合ってゆく。

翠銀色のそれらが、何かの形を象《かたど》ってゆく。

翠銀色のそれらは――

いや、ひとつとなったそれは、部屋の天井《てんじょう》を破り、立ち上がる。


翠銀色の人型が。つまりは、巨人《きょじん》が立っている。

軽く常人の三倍以上はありそうな体長。艶《つや》やかに、金属めいた輝《かがや》きを湛《たた》えた肌《はだ》。

大雑把《おおざっぱ》に形だけで言えば、それは若い裸《はだか》の女性だった。腰《こし》の近くまで髪を伸ばしている。

わずかにだが、体の起伏《きふく》も見える。だが、その顔面にあたる場所には、何の凹凸《おうとつ》もない。ただ平坦《へいたん》な翠銀色が広がっているだけだった。

（未完成。やっぱり、そういうことなんだ）

先ほどの、不定形のぶよぶよだった時に比べて、明らかに体積が増えている。重量も数倍に膨れ上がっているようで、その挙動にあわせて船がきしみ、小さく傾《かたむ》く。もうちょっと物理法則を大事にしようよと言いたくなるが、お前が言うなとどこかから聞こえてきそうな気がしたのでやめておく。

巨人がゆっくりと顔を巡《めぐ》らせる。

優雅《ゆうが》ともとれる仕草で、何かを探すように辺りを睥睨《へいげい》し、

（――まさか）

手を、手の形をした翠銀色のそれを、伸ばした。

壁《かべ》に、触《ふ》れた。

ぼうん、干した布団《ふとん》に拳《こぶし》を叩き込んだような間の抜《ぬ》けた音。それと同時に、壁の木材に大きな亀裂《きれつ》が無数に走り、ほぼその場に――真下に崩れて落ちる。

「うそっ⁉」

ただ拳で壁を砕くだけなら、簡単とは言わないが、そう難しくはない。

ほぼ触れただけにしか見えない動きで砕くというのも、まあ、無茶苦茶《むちゃくちゃ》というほどのことではないと思う。

しかし、瓦礫《がれき》がいっさい飛散しなかった、込めた力が余すところなく破壊《はかい》だけに消費されたというのは、そういった（比較的《ひかくてき》）常識的な話とはまったく違う領域の出来事だ。力の強さだけではなく、それをどのように伝えるかの術理と、その理を一切《いっさい》の狂《くる》いなく体現してみせる技術があって初めてできること。

「――エマちゃんのこと、任せていい？」

「え？」

巨人が、穴をくぐる。

静かな海へと足を下ろす。水面は、その足を飲み込むことなく、まるで大地であるかのように支えてのける。

そのまま、ゆっくりとした足取りで巨人は海を歩く。陸、いや厳密には違《ちが》うが似たようなものである、バゼルフィドルの本島に向けて。

（リュシル・ザクソイトの伝説。百九人の娘《むすめ》の過半数を切り殺したせいで水精《ニュンペ》に憎悪《ぞうお》され、水の中に入ることができなくなった）

なんともひどい伝説であると言いたい。これまた、お前が言うなとどこかから聞こえてきそうな気がしたのでやめておく。

大事なのは、つまり。

この翠銀の巨人は、ただ巨大なだけの怪物《モンストラス》などではない。その脅威《きょうい》は、体格にも怪力《かいりき》にもない。こいつは間違いなく、かつての正規勇者《リーガル・ブレイブ》であるリュシル・ザクソイートという偉《い》人《じん》の技術と伝説を、かなりのレベルで再現しているのだ――

「あたしは、行かないといけない。あれは、いろんな意味で、あたしが相手しなきゃいけない、人類規模の脅威だ」

「…………」

アデライードの返事はない。呆《ほう》けているのか、単にうまく言葉が出てこないのか。どちらでもいい。何を言われたところで、やることは変わらない。

「終わったら、たぶん、戻《もど》ってくるから。それまで生き延びて」

「生き……え、え？」

「お願い」

答えを待たずに、駆《か》け出す。

そして、『リュシル』が開けた穴から、高く跳躍《ちょうやく》した。

4. 孤独《こどく》な者たちの戦場

アデライードに医学の心得はない。

切った張ったを商売にしている勇者《ブレイブ》やら冒険者《アドベンチャラー》やらは、怪我《けが》をしたり怪我人を診《み》たりする機会も多いだろうし、そういう技術を学びもするだろう。しかしアデライードは技師であり商売人だ。故障した護符《タリスマン》の原因を確かめたり修復したりには自信があるが、さすがに、人に対して同じことはできない。

それでも、わかることがある。

今すぐエマ・コルナレスを冷たい水に叩《たた》き込むのは、絶対にまずい。

「まずったなぁ」

今さらな話だが、帰りの手段について考えていなかったのだ。

意識を取り戻《もど》していないこの少女を抱《かか》えるなり背負うなりするには、両手を使う必要がある。両手がふさがってしまうと、この手袋《てぶくろ》――〝朱紗の薔薇《シナモンローズ》〟――を使って海を越《こ》えることができなくなる。そしてもちろん、泳いで戻るというのは論外だ。

それに、

（――この船で確かめないといけないこともあるけど）

あの『人類規模の脅威《きょうい》』だという謎《なぞ》の巨人《きょじん》のことも、そしてアレを追っていったリーリァのことも、当然気がかりではある。が、いま自分がやるべきは、気を揉《も》んでおろおろすることではない。

甲板《かんぱん》に出よう。そう決断する。

強攻策《きょうこうさく》が使えない時には、正攻法が一番だ。備えてあるだろう連絡船《テンダーボート》を奪う。

部屋いっぱいに広がる、水槽《すいそう》の残骸《ざんがい》と、翠銀《すいぎん》色のべっとりした粘液《ねんえき》。その奥のほうに、上に向かう階段が見える。エマを抱え上げて、そちらへ向かう。船が揺《ゆ》れて、足元が定まらない。少女を取り落とさないよう、慎重《しんちょう》に、慎重に。

（……重いな、この子）

エマの体格は、十一歳の子供として、ごく普通《ふつう》のものだった。特に背が高いとも低いとも言いにくい。どちらかというと細身であり、もうちょっとちゃんとごはん食べなさいと言ってやりたいくらいではあるけれど、それでも。

重いなと、アデライードは思ってしまった。

「やって――くれたものだね」

足を止めた。

予想していなかったわけではない。覚悟《かくご》していなかったわけでもない。けれどやはり、それは、今この状況《じょうきょう》では聞きたくない声だった。

振《ふ》り返りながら、

「叔父《おじ》さ——」

呼びかける声を途中《とちゅう》で飲み込む。

別の部屋に通じていたのだろう扉《とびら》が開き、その男が立っている。どことなくくたびれた、柔和《にゅうわ》な顔つきの中年男。表情、服装、立ち姿。あまりにも見慣れた姿だった。

ただひとつだけ、いつもと違《ちが》うところがあった——いかにもデスクワークしかできませんというその風貌《ふうぼう》にはまるで似合わない、緋色《ひいろ》の籠手《こて》を両手にはめている。

「ヨーズア・アステリッド」

アステリッド工房《こうぼう》の副《アンダー》ボス。口うるさい家族にして、仕事仲間。

苦いものを噛《か》みしめる思いで、アデライードは男の名を呼んだ。

「この場に現れたということは、そういうことでいいのかな？　言い訳するつもりはない？」

「仕方ないだろう。とぼける意味があるとも思えないしな」

くたびれた顔で、疲《つか》れたため息を吐《つ》く。

「お前のことだ、背景はもう全部摑《つか》んでいるんだろう？　それとも、これだけやっておきながら、まだ答え合わせが必要かな？」

「もちろん、聞きたいことはまだ色々あるよ。何をしていたのか。何をするつもりだったのか。何をしたかったのか」

水槽の残骸へとちらりと目をやって、

「古聖剣《けん》ゼルメルフィオルの使い手を作り出したかった、で合ってる？」

「合っている。それが最終目的というわけではないがね」

「どうして」

「……あれは『リュシル・ザクソイトにしか使えない剣』だ。にも拘《かか》わらず、あの剣は、自身を振るう使い手を常に求めている」

ヨーズアは肩《かた》をすくめる。

「ならば帰結するべき現象はひとつだけだ――ゼルメルフィオルは、近づく人間を、強制的にリュシルへと改造する」

「狂《くる》ってる！」

「否定できないな。実際、さほど現実的な判断ではない。人間は脆《もろ》い、強引《ごういん》に作り変えようとしたところで、改造が終わる前に壊《こわ》れてしまうのだから。その程度のことすらも、あの古聖剣は理解していない」

アデライードの叫《さけ》びに対して焦点《しょうてん》のずれたことを返しながら、ただ残念そうに、ヨーズアは首を振る。

「……壊れる……？」

「なんだ、わからないのか？　さんざん見てきただろう、あの翠銀色の残骸を。あれが全《すべ》て、改造の途中で息絶えた者たちの残骸だ」

（——全て？）

その瞬間《しゅんかん》、写真の束を床《ゆか》にぶちまけた時のように、アデライードの脳裏《のうり》にいくつもの記憶《きおく》がよぎった。

翠銀斑病《すいぎんはんびょう》。

六年前、突然《とつぜん》この国を襲《おそ》った病。

体の各所が翠銀色に染まり、心神耗弱《こうじゃく》に陥《おちい》る。

致死《ちし》率が高い。

この病に直接殺されなかった場合も生命力を大きく削《けず》られるため、別の病を呼び込んでしまうことが多い。

多くの命を奪《うば》い、多くの人生を破壊《はかい》した。

アデライードの――今は、アデライードを名乗るこの娘の人生を大きく変えた。

伝染《でんせん》する性質はなく、ひと月ほどでその勢力を失った。今ではわずかにその後遺症《こういしょう》、翠銀色の痕跡《こんせき》を体に残す人々が生き残っているくらいである。なぜそのような病が、あの時だけ、街の大勢の人間を襲ったのかについてはいまだ解明されていない――

「それは、つまり」

声が震《ふる》える。

目前の男を直視できず、少し目を伏《ふ》せる。

「六年前のことも含《ふく》めて、言っているの？」

「当然だ」


――ああ……。

今この場に鏡がなかったことについて、アデライードは神に感謝した。間違いなく、醜《みにく》い顔をしていただろうから。怒《いか》りよりもなお強く湧《わ》き上がる、今自分が何をするべきなのかを知った歓《よろこ》びが、その顔を大きく歪《ゆが》めていただろうから。

先ほどまで甲板に出ようとしていたことは、もう頭にない。

「翠銀斑病騒《さわ》ぎそのものが、叔父さんの仕込みだった。そう受け取っていいんだね？」

「成功だったとは、とても言えないがな」

また、ずれたことを答えてくる。

「ゼルメルフィオルの影響《えいきょう》を受けても崩壊《ほうかい》せずに変化を受け入れられる人間を、選別したかっただけなんだ。そのために、変異を疑似《ぎじ》的に再現する因子を飲料水に混ぜてばらまいた。ただ、当時想定していたよりも毒性が強くなってしまってね。多くの犠牲《ぎせい》が出た」

疲れたように、それでいてどこか誇《ほこ》るように。

「とはいえ、無駄《むだ》な犠牲ではなかった。あの日の全ては、今日の成果に繋《つな》がっている。多少の不足はあるが、人間の再現まで、あと一歩のところまでは成功できた」

「……そう。そうなんだ」

その場に、エマを下ろした。

「それ以上は言わなくていいよ、ヨーズア・アステリッド」

「そうつれないことを言うな。内緒《ないしょ》でこつこつ進めてきたものを、あと一歩で完成するところで台無しにされたんだ。せめて可愛《かわい》い姪《めい》に、愚痴《ぐち》くらいは聞いてほしい」

「言うなって言ってんでしょ！」

拒絶《きょぜつ》を叫び、右手を突《つ》き出して、

「〝絞首台《こうしゅ》に留まる灰色鳩《ばと》〟、〝英雄碑《えいゆうひ》を囲う鉄格子《てつごうし》〟、〝沈黙《ちんもく》する黒白の鍵盤《けんばん》を猫《ねこ》が駆《か》ける〟、〝仮面の踊《おど》り子たちが果実を投げる〟――」

早口に並べ立てる。

これらの詩句それ自体には、何の力もない。不思議な現象を引き起こす魔法《まほう》の呪文《じゅもん》というわけではない。ただの言葉だ。しかしだからこそ、言葉としての当然の仕事を――意を伝えるという役目を全《まっと》うする。

着用者の意志を受けた〝朱紗の薔薇《シナモンローズ》〟が、既定《きてい》の機能を発揮する。設定されていたあらゆる抑制《よくせい》装置が自壊していく。頼《たよ》れる護身具だったものが、不可逆的に、暴走する力の塊《かたまり》へと変質してゆく。

ばぢり、電光が溢《あふ》れ出て、着用者の肌《はだ》を軽く灼《や》く。

アデライードは痛みに一瞬顔をしかめるが、視線はヨーズアから動かさない。

「やれやれ。最近少しは落ち着いたと思ったが、結局お転婆《てんば》は直らなかったか」

ヨーズアは茶化《ちゃか》すようにぼやくと、自身もまた籠手を掲《かか》げるようにして、

「〝絞首台に留まる灰色鳩〟〝鉄兜《てつかぶと》から咲《さ》く花〟〝苔《こけ》むした地下牢《ちかろう》に祝砲《しゅくほう》が響《ひび》く〟――」

ゆっくりと、噛みしめるように唱える。

絡繰《からく》りは同じ。低い駆動《くどう》音とともに赤い籠手が小さく振動《しんどう》し、光を放ち始める。

「……それ、やっぱり」

「お前が〝朱紗の薔薇《シナモンローズ》〟を設計したときの助手は私だ。お前のような発想力やセンスはなくとも、既存の技術で無骨に再現するくらいならできるさ」

広げた手のひらを、閉じる。

「機能も劣《おと》ってはいないはずだ。テストはこれからだがね」

ばぢり、先のものに劣らない雷光《らいこう》が、ヨーズアの手元で弾《はじ》けた。

†

紺色《こんいろ》の空に、ぽつぽつと、星が輝《かがや》き始める。

行き道同様、船から船へと飛び移りながら、リーリァは翠銀の巨人《きょじん》を追う。

当たり前の話ながら、どの船も、混乱の中にあった。だが、いちいち状況を説明している時間などない。惑《まど》う人々の悲鳴を置き去りにしながら、リーリァは幾度《いくど》も跳《と》ぶ。

巨人の行く手を阻《はば》む位置にあった船が一隻《せき》、無造作に払《はら》いのけられた。その際、甲板《かんぱん》に出ていた船員が、巨人の手のひらにまともに触《ふ》れてしまい――そして、姿を消した。呑《の》まれたのだ。巨人の血肉として。

造られた『リュシル』を構築する、素材の一部として。

その姿を見れば確信できる。あれは、際限を持たずに人間を取り込み続け、人きくなり続けることのできる、とびっきりの災害だ。今この場で止めなければ、少なくとも国のひとつは簡単に滅《ほろ》びる。そしておそらくは、世界そのものをも脅《おびや》かす。

であれば、その場に居合わせた正規勇者《リーガル・ブレイブ》がやるべきことは、ただひとつ。最悪の事態を、なんとかして防ぐことだけだ――

（リュシル・ザクソイト。白金の魔女）

意識を戦況《せんきょう》に集中させながら、頭の別の片隅《かたすみ》で思い返す。

何分、古い時代の人物である。

活版印刷が普及《ふきゅう》したのは最近だし、リュシルの時代には製紙技術すらまだ発展していなかった。口伝のたぐいは時代が下るにつれてコロコロ内容が変わる。だから本物のリュシル・ザクソイトがどういう人物だったのかを、リーリァは知らない。

（けれどそれでも、はっきりと残されている記述もある。――救ったはずの人間に裏切られて、孤独《こどく》に苦しみながら、非業《ひごう》の死を遂《と》げたんだって）

珍《めず》しい話ではない。

力あるものを恐《おそ》れ、否定したいと考えるのは人の常だ。恐ろしい怪物《モンストラス》が倒《たお》れたならば、より恐ろしい怪物《モンストラス》である勇者《ブレイブ》はもう不要だ。とっとと処分してしまうのが、罪もない善良な市民の心の平穏《へいおん》のためである……と。

そういう話自体は古今東西ありふれている。本当に処刑《しょけい》まで行ってしまうケースは、ここ百年ほどでだいぶ減ったらしいのだが。

(――同情できるような立場じゃないけど)

複雑な思いを押し殺しながら、また甲板を蹴《け》る。

別の船に着地。から一瞬だけ遅《おく》れて、たまたますぐ近くにいた船員が、慌《あわ》てたように腰《こし》の曲刀を引き抜《ぬ》くとリーリァに突き付けてきた。「おぁ、ありゃ、ぼや」、何を言っているのかはわからないけれど多分本人もわかっていないのだろう。ともあれ、

「それ貸して」

ひょい、とその剣《けん》を奪った。

柄《つか》を握《にぎ》れば、剣の質がわかる。粗悪《そあく》な安物とは言わないまでも、まあ大量生産品だ。鋳《い》型《がた》の癖《くせ》なのか重心がやや左に寄っていて、切っ先あたりの靭性《じんせい》にも不安が残る。が、今は贅沢《ぜいたく》を言っていられる状況ではない。

きょとんとした船員からすぐに視線をきって、巨人の背中に向き直る。

すぅ、と息を吸う。鼓動《こどう》を落ち着ける。刀の柄を右手で柔《やわ》らかく握り、その甲《こう》を左の手のひらで優《やさ》しく押さえる。切っ先は背後、構えは低めの担剣、膝《ひざ》に力を溜《た》めてからの

閃《せん》、

海が割れた。

剣の振《ふ》り下ろされた軌跡《きせき》の延長線上、刀身を伴《ともな》わない特大の斬撃《ざんげき》が、嵐《あらし》のように何もかもを巻き込み破断する。

そう特別な技《わざ》ではない。剣技流派の多くで奥義《おうぎ》とされている氣斬系の技、つまりは「斬《き》った」と「斬れた」の場所と規模にズレを仕込むというだけの芸だ。使い手の力量によってその規模は大きく変わるとされる。

（……効いてない、か）

不安定な足場、質が良いとはいえない曲刀、呪詛《じゅそ》を溜め込んで本調子ではない体。しかしそれでも、手応《てごた》えからして、鋼鉄製の城壁《じょうへき》を一撃で破れるくらいの威力《いりょく》はあるはずだった。

それでも――予想はしていたことだが――翠銀の巨人は健在だった。いまの一撃の余波で荒《あ》れた海の上を、それでも平然と歩み続けている。鋼鉄より頑丈《がんじょう》だとかそういうレベルの話ではない。おそらくは加えられた攻撃《こうげき》そのものを、あるいは外的に加えられた力による変化それ自体を、直接拒絶しきってみせたのだと。

「なんつう理不尽《りふじん》……」

なるほど。これが正規勇者《リーガル・ブレイブ》を前にした怪物《モンストラス》たちの心境か、と思う。これまで頼っていたやり方を、信じていた世界のルールを、まとめて直接否定されるような感覚。確かにたまったものではない。

ぼろり、と手元の刀身が灰になって崩《くず》れ落ちた。

柄だけになった曲刀を、呆然《ぼうぜん》とした顔の船員に押し付け返す。

「ごめん、壊《こわ》れた」

（……早く片付けないといけないのに）

エマと、ついでにアデライードのことを思う。

あの船は決して安全ではなかったはずだ。正体の特定はできなかったが、敵意ある脅《きょう》威《い》の気配を感じた。それでも、こちらの戦いに無理やり連れてくるよりはましだろうと、二人をあの場に置いてくることを選んだ。

アデライードは無力ではない、と知っている。あの聖剣《カリヨン》もどきの手袋《てぶくろ》は、実際、非常によくできた護身具だと思う。そこらのチンピラはもちろん、並の冒険者《アドベンチャラー》あたりでは太《た》刀打《ちう》ちできないレベルの戦闘《せんとう》力はあるはずだ。しかしこの場合、そんなことは気休めにしかならない。強さを持つことよりも、強さを求められる状況に身を置かないことのほうが重要になる。敵地に取り残されているというのは、そういうことなのだから。

「ああもう！」

いつものように焦《あせ》りを感情の奥底に押さえ込んで、再び、巨人の背を追う。

†

アデライードは技師であり商売人であり、そしてアステリッド工房《こうぼう》の看板娘《むすめ》である。

その彼女が常に使う護身具である〝薔薇《ローズ》〟には、当然いくつかの条件を満たす必要があった。突然《とつぜん》の暗殺を退けられること。襲《おそ》い掛《か》かる刺客《しかく》を無力化できること。勇者《ブレイブ》たちのように魔力《ヴエネノム》を熾《おこ》す技術がなくとも扱《あつか》えること。それでいて、見た目が美しく無骨でないこと

――強大な敵を討《う》ち倒すためにある聖剣《カリヨン》とは、コンセプトからしてまるで違《ちが》うものとなる。

同じ技術を用いて作られながら、ヨーズアの持ち出してきた〝籠手《こて》〟は、まるで違うも

それだけの条件の違いが、武器としての両者の性能に決定的な違いを生んだ。

のとなった。重量や外見を気にせず、思うままに殺傷力や制圧力を優先することができる。

「最初から、お前のことは気にいらなかった！」

ヨーズアの振るう右手が、緋色《ひいろ》の雷光をあたりに振りまく。

「買ってきた奴隷《どれい》を養女にすると聞いた時には、兄貴の正気を疑ったよ！　ああ、訂正《ていせい》だ、今でも断言できるさあの男は確かに狂《くる》っていたと！」

「……そう、なんだ」

アデライードは左手に生んだ半球状の力場で雷光を振り払い、同時に右手から放った力で強引《ごういん》に跳躍《ちょうやく》する。

本来想定されていたよりもはるかに強い力を受け、ぱちり、という音とともに〝薔薇〟のひとかけらがはじけ飛ぶ。

「わたしのほうはね。……叔父《おじ》さんのこと、嫌《きら》いじゃなかった」

「ああ、ああ、そうだろうさ！」

ふっきれたように、ヨーズアは叫《さけ》ぶ。

「お前は良い子だよ、アデライード！　才を持ちながらそれに溺《おぼ》れもしない！　神に愛され、人に愛されるべき少女だ！　この工房に留《とど》まらない、これからの人類に真に必要な人材なのだろうよ！　……しかし、だからこそ、お前自身は誰をも必要としていない！」

煮《に》えた油をぶちまけるような音を立てて、〝薔薇〟を縫《ぬ》いとる金糸が端《はし》から蒸発してゆく。「〝彩《いろど》れ〟」指令を発音しても反応がない、雷光《らいこう》を制御《せいぎょ》する機能が壊れた。

アデライードの指先から、血が、飾《かざ》り糸のように流れ飛ぶ。

勇者《ブレイブ》たちは魔力《ヴエネノム》と呼ばれる現象を介《かい》して聖剣《カリヨン》を制御する。それは生命力の負のコントロールであり、自ら少しだけ死に近づく行いであり、素人《しろうと》にはとても真似《まね》のできない芸当だ。

〝薔薇〟はこの機能を再現するにあたって、着用者であるアデライードの生命の一部分、具体的に言えば血液を燃料として使っている。

おそらくは、ヨーズアのあの〝籠手〟も、また。

（……叔父さん）

机が、書架《しょか》が、次々に砕《くだ》ける。

壁掛《かべか》けランプが次々と吹《ふ》き飛ばされ、油と火とを辺りにぶちまける。弾《はじ》ける雷光が炎《ほのお》に勢いを足す。

この木製の船体には、浸水《しんすい》を防ぐために、重い油が塗《ぬ》りこめてあった。一応、簡単には火がつかないような加工こそ施《ほどこ》してはあったが、広がる炎の勢いはその上を行く。

部屋が、炎に包まれる。

「ああそうだ、お前は天才だ、だからその隣《となり》には誰《だれ》も立てない！」

――天才、か。

その言葉ひとつで、どれだけ壁を作られたことだろう。どれだけ孤立《こりつ》させられたことだろう。理解を放棄《ほうき》されたことだろう。どうせ言葉も通じないのだと、違う生き物のように扱われてきたことだろう。

その扱いには、もう、慣れている。

けれど。そうやって突《つ》き放された瞬間《しゅんかん》の寂《さび》しい気持ちには、慣れられない。

「だから……だから、お前には背負わせられなかった！　人を……穢《けが》し、壊し、塗り替《か》える、その使命を！　知ればお前は独りでその道を行く！　聖歌隊を置き去りに、救いの歌を最後まで独唱するだろう！」

「何を……」

目の前の男が何を言っているのか、アデライードには理解できない。

ただ、叔父のその表情は、必死だった。その言葉は、本気だった。そのことだけは伝わってきた。

「お前には教えられなかった！　人類《ひと》は、世界は、滅《ほろ》びに向かっている！　だから、どんな罪を背負ってでも見つけなければならなかった、人類《ひと》を棄《す》て、新たなるものと換《か》わって生きる道を！　それを、その使命を、私は世界樹に見た――」

壁が、天井《てんじょう》が、燃え落ち始めた。

ヨーズアは無造作に腕《うで》を振るって、降り注ぐ瓦礫《がれき》を払《はら》いのけようとした――その瞬間、アデライードは手を伸《の》ばす。ヨーズアの籠手の手首の近くに指を、流れ続ける自分の血を触《ふ》れさせる。

「な」

「〝石膏《せっこう》の林檎《りんご》が時を刻む〟」

それは、〝薔薇〟に組み込まれたキーワードのひとつ。本来ならば、危険に対する自動防御機能の制御を行うためのものだった。

しかしアデライードの着けた〝薔薇〟は、もう半ば以上が崩壊《ほうかい》していて、その命令を実行できるだけの機能を残していなかった。

だから、その言葉に対して、ヨーズアの着用する〝籠手〟が反応した。着用者の血を吸い上げ、自身の機能を起動しようとする。

しかしそこに、アデライードの血という異物が混ざった。聖剣《カリヨン》を模して造られたこの武器は、護符《タリスマン》同士の精妙《せいみょう》な相互干渉《そうごかんしょう》の上に成り立っている。デリケートなバランスの上にしか成り立たないそれは、ちょっとした歪《ゆが》みを抱《かか》えただけで、簡単に誤動作を起こす。

音は聞こえなかった。

その〝籠手〟はただ静かに、自分自身を縮小させ、ヨーズアの腕を圧搾《あっさく》した。

「――――――――ッ!!」

絶叫《ぜっきょう》を。

痛みと怒《いか》りに迸《ほとばし》るヨーズアの叫びを、アデライードは顔をしかめて聞き流し、そのまま自分の両足で背後へと跳《と》んだ。

天井が本格的に崩れ始める。熱波を避《よ》けて目を細めた瞬間に、ぼやけたような視界の真ん中で、ヨーズアの姿が燃える瓦礫の向こうに消えて見えなくなった。


「――愛したいとは、思っていたんだ。兄貴の選んだ、お前のことを」


聞こえるはずのない、言葉。

おそらくは、幻聴《げんちょう》なのだろう。優《やさ》しいそんな声が、聞こえたような気がした。

「知ってたよ、叔父さん」

アデライードは囁《ささや》くように、その幻聴に答えた。

「でも……それだけしか、知らなかった。それだけしか、叔父さんのことを、わからなかったんだ……」

†

さらに幾度《いくど》か、リーリァは攻撃を仕掛けた。

山をも砕くパンチだとか、物質の結合を破壊する一撃だとか、体の内側へ浸透《しんとう》して直接臓腑《ぞうふ》を破壊する打撃《だげき》だとか。これまでに習い覚えた様々な攻撃《こうげき》手段を、効く可能性の高そうなものから順に叩《たた》き込んでいく。

雲ひとつない星空の下、何本もの巨大《きょだい》な水柱が立つ。何十という数の船が、激流の中の木の葉のように翻弄《ほんろう》される。

そしてそのいずれも、翠銀《すいぎん》の巨人には痛痒《つうよう》すら与《あた》えられなかった。

巨人の背を追い抜《ぬ》いた。そのまま距離《きより》をとり、港に降り立つ。

振《ふ》り返り、正面から巨人の姿を――水上を悠然《ゆうぜん》と歩く姿を見る。

(全部まるで効いてない、というか、届いてない)

おそらく、肉塊《にっかい》の集合体にあの巨人の姿をとらせている力が、そのままあの頑健《がんけん》さの正体なのだろう。そもそも「元気に生きて動いているリュシル」を模し続けているのだから、何があろうと傷つくことなどないという屁理屈《へりくつ》。

まずいな、と思う。

手が尽《つ》きたというわけではない。一度も使ったことはないが、傾国級《けいこくクラス》の禁呪《きんじゅ》にもいくつか心当たりがある。あれらを使えば、あの『リュシル』相手でも確実に決着をつけられるはずだ。

問題は、それらはどれも、ふだんの自分でもギリギリだろうというほど制御が難しいということ。そして、少しでも制御をしくじれば、対象だけでなく周囲にあるものもまとめて巻き込んで吹き飛ばすだろうということ。

（……最初から反動をあたし一人に集中させるように組めば、いけるかな）

それは、悪くない考えに思えた。つまり、先日に吸血鬼《ヴァンピリック》の呪詛《じゅそ》を相手にやったことを、今度は自分自身の放つ禁呪に関しても同じようにやろうというわけだ。

違うのは、正規勇者《リーガル・ブレイブ》のデタラメな許容力をもってしても、今度こそ耐《た》えきれないだろうということくらいで。

（いまこの体の中にある呪詛と相互干渉するだろうし、何が起こるか予想もできないな……たぶんさっくり死ぬか、よくても全身石化。呪詛が薄《うす》れて解呪可能になるまでに何百年もかかるやつ、とか……）

――しょーがなかったで片付ける前に、せめて秤《はかり》にかけろ。

――その場のノリで自己犠牲《ぎせい》して許されるほど、安い身の上でもないだろうが。

思い返されるのは、ししょーの言葉。

「そうは言うけどさあ。……しょーがない、としか言いようがないんだよね」

ここには、自分しかいないのだ。

正規勇者《リーガル・ブレイブ》が戦わなければ、大勢の人が危ないのだ。

いつだって正規勇者《リーガル・ブレイブ》は一人きり。あまりに超絶《ちょうぜつ》で、あまりに凄絶《せいぜつ》なその戦場には、誰を伴《ともな》うこともできない。

だから、一人で戦うしかない。

一人で傷つき、一人で斃《たお》れることしかできない。

「寂しい人生だよね、まったく――」

「勇者様！」

「うひょうっ!?」

油断していた。このリーリァ・アスプレイともあろう者が、至近距離まで近づいてきているその気配に、まるで気付けなかった。

ひいはあ、と。

もはや見慣れた感じに息を切らしながら、見慣れた女がすぐそばに立っている。

「シ、シリル？」

「よかった……合流できた……なんかもう、あちこち色々大騒《おおさわ》ぎになってて……生きた心《ここ》地《ち》がしませんでしたよ……」

膝《ひざ》に手を突き、頻繁《ひんぱん》に息を継《つ》ぎながら、シリル・ライトナーは喋《しゃべ》る。

「海のほうからも……派手な音、しまくってましたけど……大丈夫《だいじょうぶ》でしたか……って、何ですかあれ……」

「あー」

頭から説明しようとすると長くなる。簡潔に説明しようとしても難しい。なので、何もかもを投げ捨てるつもりで、

「あたしの大先輩《せんぱい》、かな」

「……なるほど、なかなか器《うつわ》とか、大きそうな方ですね？」

軽口ついでに息を整えて、シリルは眼鏡《めがね》の下の目を細める。

「ゼルメルフィオル関係者で勇者様の先輩ということは、察するにリュシル・ザクソイトその人ってことですか。記録をもとに肉人形か何かで再現しようとしたけれどうまくいかずに暴走、っていう流れかと思うんですが合ってます？」

ひとが説明放棄したことを、正確に読み取らないでほしい。

「となると、これ受け取ってきたのは正解でしたね」

言いながら、シリルは背負っていた荷物を――白い布でくるまれた、大荷物を差し出してくる。

「めちゃくちゃ重かったです。明日は絶対に筋肉痛ですね、今から憂鬱《ゆううつ》です」

「……ありがと」

受け取る。布を払う。

見慣れた刀身が露《あら》わになる。四十一の護符《タリスマン》を組み合わせ、呪力線でつなぎ合わせることで形を縛《しば》られた、一振りの大剣《たいけん》。

極位古聖剣セニオリス。

現在人類が制御《せいぎょ》できる中で、もっとも強力であるとされる聖剣《カリヨン》――

「ありがと、ナイスタイミング」

感謝の言葉を、もう一度繰《く》り返す。

――浄化《じょうか》作業の途中《とちゅう》で、いまちょうど、いろんな機能を麻痺《まひ》させた状態。

――寝《ね》ぼけてるから、きみのことがわからないはず。


アデライードの言葉を思い出す。

改めてセニオリスの柄《つか》を握《にぎ》ってみたところ、確かにちょっと感じが違《ちが》う気がする。

軽く振るってみると、少しバランスが改善されていたりして、あの女頼《たの》まれてないところでまで良い仕事してやがると、関係ないところで腹が立ってきたりもする。

「……勇者様？　どうかしました？」

「ん。なんでもない」

アデライードは、本当に腕利《うでき》きだ。

護符《タリスマン》や聖剣《カリヨン》についての天才であり、常人には想像すらできないレベルでそれらを理解している。だからもちろん、その言葉は、確かに正確に現状を言い表していた。

このセニオリスは、まだ本調子ではない。

呪詛による穢《けが》れの影響《えいきょう》は最小限に抑《おさ》えられているが、そのために、本来備えている機能のいくつかが封《ふう》じられている。この状況《じょうきょう》では、その柄を握っているのが誰《だれ》なのか、個人を特定することなどできないだろう。

古聖剣はどれも気難しい、とされている。非常に限られた資質を持った人間にしかその力を引き出すことができない。そしてその資質とやらが具体的にどのようなものなのか、人間はいまだに特定できていない……ことになっている。

「んじゃ、行こうかセニオリス」

呼びかけて――セニオリスに薄く、魔力《ヴエネノム》を通す。

刀身がほのかに、青白い光を放ち始める。

いつものように。

これまでと、何も変わらないかのように。

「シリルは下がってて。巻き込まれると危ないよ」

「心配ご無用。言われるまでもなく、安全圏《けん》から応援《おうえん》だけするつもりです」

「そか」

望んでいた回答だったはずなのだけど、こうも堂々と言い切られると、それはそれで納《なっ》得《とく》しづらいものがあるような。いや、ともかく今はそういうことを言っている場合ではなくて。

「とっ」

近づいてくる巨人に向かい、岸を蹴《け》り、高く跳躍《ちょうやく》した。


——寝ぼけてるから、きみのことがわからないはず。


(ああ、そうだ。あんたは正しいよ、アデライード。今のこのセニオリスは、あたしのことが見えていない)

空気抵抗《ていこう》が、前髪《まえがみ》を容赦《ようしゃ》なく真上に撥《は》ね上げる。

(けれど何の問題もないんだ。だってこの剣は、最初から、リーリァ・アスプレイのことなんて認識《にんしき》していないんだから——)

くるりと体を回転させて姿勢制御。通りすがりの大型船のマストを蹴って、方向転換《てんかん》しながら高度の確保。船が思い切り傾《かたむ》いたけれど、転覆《てんぷく》はしなかったからよしとしよう。心の中だけで謝っておく、ごめんなさい。

(ゼルメルフィオルだけじゃない。セニオリスも同じ。たった一人きりしか主を知らない。たった一人きりしか認識できないし、その力を託《たく》せない。けれどセニオリスは、例外を作った。その一人によく似た相手であれば、それは正しい使い手だと自ら誤認して、その柄を許すように機能した――）

翠銀の巨人の、『リュシル』の頭上に出た。

（理由はわからないけど、ありがたい話）

巨人が、ゆっくりとその首を動かし、こちらを見た。先ほどまでとは違い、その身に危険を及《およ》ぼせるものだと気づいたのだろうか。

まずい、と思う。

まともに回避《かいひ》なり防御なりをされれば、当然戦いは長引くことになるだろう。古聖剣を携《たずさ》えた正規勇者《リーガル・ブレイブ》同士の戦い、長期戦となれば周辺への被害《ひがい》は甚大《じんだい》なものになるはずだ。

光が、

超特大の織物を夜空に広げたかのように、無数の光の模様が、リーリァの背後から広がった。重さも実体もないのだろうそれは、生き物のように身をうねらせると、巨人《きょじん》の全身に絡《から》みついた。

呪蹟《ソーマタージ》。密度と規模からして、戦略兵器として運用できる規模の――石造りの塔《とう》をひとつ握りつぶせるくらいの威力《いりょく》のものだ。

「シリル!?」

振《ふ》り返るまでもなく、あの眼鏡のそばかす女がどんな顔をしているのかはわかる。つまらなそうに、無感動な目をして。ついでに「有言実行、安全圏からの応援しかしてませんよ」みたいなことを言っているのだ多分。

巨人は鬱陶《うっとう》しそうに一度身を震《ふる》わせると、光の束縛《そくばく》を力任せに振りほどいた。

夜の黒い海の上に、蛍《ほたる》のような白い光の破片《はへん》が、ぱらぱらと降り注ぐ。

それが、致命的《ちめいてき》な隙《すき》となった。

（セニオリスは、リーリァ・アスプレイを認識してない。だから、寝ぼけようが忘れられようが、関係ない。——最初の使い手、本来のマスターとよく似た人間が柄を握ってさえいれば、問題なくその力を貸してくれる——！）

巨人の頭部に、セニオリスを、槍《やり》のように突《つ》き入れた。

大剣の刀身に、幾筋《いくすじ》もの、細い罅《ひび》が入る。罅からわずかな光があふれだす。

極位古聖剣がひとつ、セニオリス。正しい使い手の振るうその刃《やいば》に貫《つらぬ》かれれば、相手が何者であっても、強制的に『死者』へと変えられる。

生きた人間を模倣《もほう》し続けようとしているゼルメルフィオルの力とは、真逆の作用。力と力が正面からぶつかり合う。そのことを痛みとして感じでもしたのか、巨人が空を仰《あお》ぎ、全身を震わせる。無貌《むぼう》のその顔からは何の音も発せられることはなかったが、おそらくそれは、断末魔《だんまつま》の絶叫《ぜっきょう》のようなものだったのだろう。

「――本物の先輩相手じゃ、こうはいかなかったんだろうけど」

勝利は、セニオリスのものとなった。

巨人は、かつての勇者《ブレイブ》を模した巨人であったものは、静かにその形を失った。

無数のぶよぶよした屍肉《しにく》にばらけて、海上に降り注ぐ。

全身の力を使い切り脱力《だつりょく》したリーリァは、そのまま同じ海中に落下する――のはさすがにごめんだったので、気力をかき集めて体勢を立て直すと手近な船に着地した。

「偽物《にせもの》同士ってことなら、負けるわけにはいかないんだよね」

波間に、何かが煌《きら》めくのが見えた。

透《す》き通るような黄金色の大剣。おそらくはあの巨人の中に埋《う》め込まれる形でずっとそこにあったのだろう、騒動《そうどう》の元凶《げんきょう》たるゼルメルフィオル。

見えていたのは一瞬《いっしゅん》だけのことだった。偽《いつわ》りの使い手を失ったそれは、すぐに波間に沈《しず》み、消えてしまう。

†

自分自身の咳《せ》き込む声を聞いて――

エマ・コルナレスは、ぼんやりと目を薄《うす》く開いた。

意識は霞《かすみ》がかかったようにぼやけていた。自分がどういう状況にあるのか、どういう経緯《けいい》でここにいるのか、まるでわからなかった。それらについて疑問を抱《いだ》くような心の余裕《よゆう》すらなかった。

ただ、ひとつだけ。きっと自分は助からないだろうと、エマは感じていた。世界を焦《こ》がすような炎《ほのお》の熱が、水に溺《おぼ》れる時のような息苦しさと煙《けむり》が、少女に絶望を受け入れさせていた。

さて、死はもう仕方がないとしても、そうなると心配になるのは猫《ねこ》たちのことだ。たくましい子ばかりではあるけれど、自分が戻《もど》らなくてもあの小屋で元気にやっていけるだろうか。自分たちで獲物《えもの》を見つけられるのだろうか。できれば、せめて、新しい飼い主でも見つけて賑《にぎ》やかに過ごしてほしいなと、そんなことを考えていた。

（……あれ……？）

既視感《きしかん》。

いつだったか、遠い昔にも、自分は今のようなことを考えたことがあるような気がする。

あれはいつのことだったか。そして、誰を思ってのものだったか。

炎が一度、大きくゆらめいて。

ぼやけたままの視界の隅《すみ》、金髪《きんぱつ》の少女の横顔が、一瞬だけ見えて。


「おねー……ちゃん……？」


どうして、そう思ってしまったのか。

そんなわけが、ないのである。

エマの姉であるオルテンシア・コルナレスは、金髪ではなかった。病床《びょうしょう》の妹《エマ》を救うために自分自身を奴隷《どれい》として売った。遠いどこかの誰かの家に買われていった、だから二度と会えないのだと聞かされた。

そう知っていたのに。わかっていたのに。

曖昧《あいまい》なままの意識は、エマに理性的な思考を許さない。

「おねーちゃん……そこに、いるの？」

少女の横顔が、少しだけ驚《おどろ》いたように歪《ゆが》んで。

どこか自虐《じぎゃく》的な微笑《ほほえ》みを浮《う》かべて、そっぽを向いて。

「いないよ」

そう、つぶやくように言った。

「え……」

エマの手が、優《やさ》しく握られる。

燃え盛《さか》る炎の中にあって、それでも、その手の温かさははっきりと感じられる。

「あなたの姉は、もうどこにもいない。名前も姿も変わってしまった。敵も多く作ってしまった。何があっても……過去には戻れない体になってしまった」

突き放すような言葉。けれど、どこまでも優しくて、どこか涙《なみだ》を湛《たた》えたような声。

手を、握り返した。

「それに……ごめんね。約束、もう、守れそうにないかな」

それは、どういう意味の言葉なのだろう。

エマの意識が薄れて、今度こそ、消える。

5. 届かない手を伸《の》ばして、摑《つか》んだものは

見憶《みおぼ》えのある船が、燃えている。

「……は」

何があったのか。

どうしてこんなことになったのか。

誰《だれ》かが火を放ったのか。あるいは事故によるものか。

前者だとしたら、それは誰か。

後者だとしたら、いったい何がきっかけでそんなことになったのか。

――答えのない謎解《なぞと》きに向かおうとする自分の思考に、リーリァは気づいていた。原因を知ろうとする、考えようとする、それはつまり足を止めるための言い訳づくりだ。これ以上は前に進んでも意味がないのだと自分に言い聞かせるための。

炎は激しくて。

船はもう、原形を留《とど》めていないほどに崩《くず》れていて。

その中に誰かが残っていたならば、もう、生きているはずがなくて。

「エマちゃん……アデライード……」

つまり、その二人が、自力で脱出できていたとは思えなくて。

膝《ひざ》が折れそうになる。

この感覚に覚えがある。いや、よく知っていると言ってもいい。

いくら「大陸最強級の強大な戦力」こと正規勇者《リーガル・ブレイブ》であっても、手の届かないところまでは守れない。最終的な国や世界への被害を抑《おさ》えるという、巨視的に最も大事な目的を達成することはできても、もっと小さなものは簡単に取りこぼしてしまう。

大きなものしか守れなくて、守りたいものを守れない。

いつものことだ。

泣きたくなるくらいに、いつもどおりのことなのだ。なのに。

「………………」

涙が流れて、襟《えり》の上に落ちて。


「――さっきのは見事だったね、リーリァ・アスプレイ」

緊張感《きんちょうかん》のない声を、かけられた。

聞き覚えのない声だと思った。

こっそりと目をぬぐいながら、ゆっくりと振り向いた。見覚えのない男が立っていた。

三十がらみ、無精髭《ぶしょうひげ》を生やしている、ゆったりとした服の上に簡単な革鎧《かわよろい》を重ねている。

腰《こし》には凝《こ》った拵《こしら》えの曲刀を佩《は》いて、背には粗《あら》い布で包んだ大きな剣《けん》を革のベルトで固定していた。

「連れが心配ないっていうから任せたけど、まさかあそこまでの相手に、一撃《いちげき》で勝負をつけられるなんてね。正規勇者《リーガル・ブレイブ》の本気の戦い、いいものを見せてもらった」

この船の船員、ではない。こんな、隙のない達人めいた立ち姿を見せる船員が、そうそういてはたまらない。

ぼんやりと、頭に男の名前が浮かぶ。たしか、

「ナヴルテリ・テイゴザック……？」

「おや。名前まで覚えていてもらえたとは光栄だ」

微笑みを浮かべたまま、慇懃《いんぎん》に一礼する。

帝都《ていと》の教会で見かけたことがある。元冒険者《アドベンチャラー》の、準勇者《クアシ・ブレイブ》の一人。飄々《ひょうひょう》とした雰囲気《ふんいき》の、いかにもつかみどころのなさそうな男だという印象を受けていたが――いや、そんなことよりも。

「何、してるの、こんなとこで」

リーリァの思考が止まっていた。自分がどういう感情を抱《かか》えていたのかも忘れて、半ば呆然《ぼうぜん》となり、そう尋《たず》ねていた。

ここは、正規勇者《リーガル・ブレイブ》の戦場だ。自分独りで戦い、勝利し、そして喪《うしな》う場所のはずだ。なのにどうして、この男はここに立っているのか。

「海蛇《うみへび》狩りの時季が近いからって、教会の指示で派遣《はけん》されてきたんだよ。時季的にはまだ少し早いらしいんだけど、嵐《あらし》が近づくと船がなくなりそうだったしさ」

「そうじゃなくて……」

「ん？　ああ、そういうこと？」

男、ナヴルテリは視線を燃える船のほうに向け直して、

「今ここで何をしてるかって話なら、人待ちだよ。そろそろ連れが人助けから帰ってくるはずだから、せめて迎《むか》えるくらいはしようかなって」

自分は何を話しているんだろう、とリーリァは思う。

こんなところで雑談に興じている場合でも、そんな心境でもないはずなのに。

緊張も。焦燥《しょうそう》も。喪失感《そうしつかん》も。不思議なくらいに、この心の中から抜《ぬ》け落ちてしまっている。目の前の男が何かをしたのかとも訝《いぶか》ってみるが、どうやらそういうことでもないように思える。そんなことよりももっと単純で、もっとわかりやすい理由があるはず。

何も心配など要《い》らないのだと。恐《おそ》れていたようなことは起きていないのだと。理屈《りくつ》ではない何かで、自分はもう、納得《なっとく》してしまっているのだと。

「――よし、もう目ぇ開けていいぞ、安全なところまで来たからな」

どこかで聞いた、いや、聞き慣れた少年の声。

「あー、無理に喋《しゃべ》ろうとするなって。けっこう煙吸ったんだろ、しばらくは動かないで回復につとめてだな――」

声とともに、足音が近づいてくる。

船の側面に取り付けられた階段を、誰かが上ってくる。

ひょっこりと。どこかで見た顔が、舷側《げんそく》から覗《のぞ》く。

こちらを見る。

「――うげ」

それが、第一声だった。

それは、黒髪《くろかみ》の少年だった。

まだ小柄《こがら》なその体に、二人の少女、つまりはアデライードとエマを、抱えている。正確には、エマを腕《うで》に抱《だ》き、アデライードを背負っている。アデライードの長い足を甲板《かんぱん》に引きずりそうなその姿には、どこか出来の悪いジョークのような、現実味の薄《うす》さがあった。

「ヴィレ……ム？」

呆然と。

リーリァは、その少年の――兄弟子《あにでし》の名を呼んだ。

「なんで……いるの、あんた」

「そりゃこっちのセリフだっての。なんでいるんだよ、リーリァ」

そっぽを向いて、どこか恥《は》ずかしそうに、兄弟子は問い返してくる。

「俺は、海蛇狩りの使命受けて来たんだからな。何もやましいことなんてねぇぞ。苦情があるなら、全部あの法衣のハゲどもに言え」

「そうじゃなくて」

ナヴルテリが、にやにやと笑っている。

少々むかつく顔だったが、気にしてなどいられない。今はそんなことよりも。

「怪我《けが》、してるの？」

少年の体は、あちこち、血で汚《よご》れていた。

「はは、ミスっちまってな。梁《はり》が降ってきたのを避《よ》けきれなかったり、焼けた柱を持ち上げるはめになったりだ。死にゃしねぇよ、みっともねぇけど」

力なく笑いながら、少年は、二人の少女を甲板に下ろす。

「……あー、っくしょう。お前はあんなデカブツ止めて、思いっきり大勢を守ってんのにな。俺ぁこの通り、どうにかこうにか二人助けただけでこのザマだ」

そのまま、両手両足を広げて、自身も甲板に背を投げる。

「ほんと、なんでこんな弱《よえ》ぇんだろうな、俺ぁ」

ああ。

ああ、もう。

敬意とか。嫉妬《しっと》とか。……ほんの小さな好意とか。

湧《わ》き上がってきたそんな気持ちを、全部まとめて、そっと心の小箱に封《ふう》じ込める。

もうそろそろいっぱいで、今にも中身があふれ出しそうな小箱ではあるけれど。それでもなんとか、堅《かた》く固く、鍵《かぎ》をかける。

「贅沢《ぜいたく》言うもんじゃないでしょ。人には似合いの舞台《ぶたい》ってもんがあるんだから」

表情を作る。

いつもの顔。この少年の妹弟子、意地悪で生意気で高慢《こうまん》な少女、今代の正規勇者《リーガル・ブレイブ》リーリア・アスプレイとしての、小憎《こにく》らしい顔を。

「あんたは、あんたの手の届くところを守ってればいい」

──あたしは、あたしの手の届くところしか守れない。

「あんたの手が届かないところは、あたしがやるからさ」

――だから、届かないところを、あんたに甘えてもいいのかな？


「……納得できっかよ」

少年は、拗《す》ねたようにそっぽを向く。

「あはは、そう言うと思った」

この兄弟子ならば、そう言うだろうと思った。

言ってくれるだろうと思った。

才能に溢《あふ》れているわけでもなくて。運命に選ばれているわけでもなくて。ろくな聖剣《カリヨン》を扱《あつか》えなくて、だからもちろん、戦う力では正規勇者《リーガル・ブレイブ》には遠く及《およ》ばなくて。

それでもこの少年は、まだ、何も諦《あきら》めていない。

無様にもがきながら、あがきながら、リーリァの横に立とうとしている。

できるはずがないのに。無駄《むだ》に終わることが見えているのに。そのことがわからないほど、頭が悪いわけでもないはずなのに。立ち止まることができない。

なぜなのか。どういう思いがそこまで彼を駆《か》り立てるのか。それを考える時、ひとつしか答えは思い浮《う》かばない。

この少年は、身の程《ほど》知らずにも、このリーリァ・アスプレイをこそ守ろうとしてくれているのだと。だから、手の届くところしか守れないその身で、ちぎれてしまいそうなほどに力いっぱい腕を伸《の》ばしているのだと。そんなことのために、人の限界をも超《こ》える力を求めているのだと。

そう思うと、つい、

「……あんたって、やっぱりさ」

「ん？」

いつかと同じようなことを、言ってしまう。

「生きるの、へたくそだよね」

ぐ、と。やはりいつかと同じように、少年は息を呑《の》んで押し黙《だま》る。

その顔を見て、リーリァは小さく笑った。

X．神片精霊カイヤナイトの願望（3）

これは、遥《はる》か過去の物語。

精霊に願いを託《たく》した老人と。

老人に願いを託された精霊との。

——二人の旅の終わりの記憶《きおく》。

†

微睡《まどろ》みから、醒《さ》めて。

「カイヤ？」

老人はすぐに、道連れの愛称《あいしょう》を呼んだ。正しくはもちろん「カイヤナイト」なのだが、〝古くを識る者《セニオル》〟のパートナーの名としてはこの短い名のほうが人々の間に広まってしまった。

返事はない。

いつもならば、すぐに枕元《まくらもと》に顕現《けんげん》して『願いを言う気になったか』などと言い出していたところだが、今回に限っては、その気配すらない。

（——ああ、そうだったな）

昨夜のやりとりを思い出す。

昨晩、眠《ねむ》りに落ちる前に、自分自身の願いを叶えろなどと言って、自分が突き放したのだ。願いの精霊の在り方を、根本から侮辱《ぶじょく》するような扱《あつか》い。呆《あき》れただろうし、怒《おこ》っただろう。少なくとも、愛想《あいそ》は尽《つ》かしてくれただろう。

自分たちの関係は、もう、終わったのだった。

願いを待つ精霊と、願いを待たせていた旅人は、もういない。ここにいるのは、願いの権利を使い果たした、孤独《こどく》な老人が一人だけだ。

だから、ここからの自分は、一人だ。

「……へっ」

遠い昔、独りに慣れていたこともあった。まだ青年だったころのことだ。危険すぎる戦いを繰《く》り返していた当時、彼に随行《ずいこう》できる人間などほとんどいなかった。

あのころの感覚を思い出そうと思った。

誰《だれ》かを巻き込むこともなく、誰かの死に怯《おび》えることもなく。ただ一人きりで、最後の戦いに、挑《いど》むのだと。

(さあて)

毛布を撥《は》ねのけ、身を起こす。

一歩この洞窟《どうくつ》から出れば、死闘《しとう》の再開だ。

赤銅竜《しやくどうりゆう》ニルギネルゼンは頑丈《がんじよう》で強靱《きようじん》で、そしてそれ以前に自分たちと同じような死を迎《むか》えることがない存在だ。通常の武器で殺すことはできない。だが、「相討《あいう》ちくらいには持ち込む」と言ったのも嘘《うそ》ではない。生きて帰ることを諦《あきら》めるなら、まだ戦う術《すべ》はある。

(行きますか、と――)

荷物を手繰《たぐ》り寄せようと視界の外に伸《の》ばした手が、何か別のものを摑《つか》んだ。

「――ん?」

それは、剣《けん》の柄《つか》だった。

そんなはずはない、という思いが脳裏《のうり》をかすめた。手持ちの武器はすべて、昨夜の戦いで遣《つか》い果たしてしまったはずだと。

そして同時に、奇妙《きみよう》な確信が、心の内に湧《わ》いてきた。これは確かに、ここにあるべくしてある剣なのだと。

(いや……そんな馬鹿《ばか》な……)

首を回して、自分の手が何を摑んでいるかを確認《かくにん》する。

二つの確信はどちらも正しく、そしてどちらも間違《まちが》っていた。

剣など、ここにあるはずがない。事実、そんなものはなかった。

代わりに、剣に似た形の何かが、当たり前のようにして、そこにあった。

「は……？」

一般的《いっぱん》に儀礼《ぎれい》用・対人戦闘用に使われる長剣よりは、明らかに大ぶりだ。人の背丈《せたけ》に迫《せま》るだけの長さがある。柄も長く、明らかに両手で振《ふ》るうように出来ている。

異様なのは、その刀身の構造だった。

通常、剣というものは、ひとつなぎの金属塊《かい》から打ち出すなり削《けず》り出すなりして造り上げるものだ。しかし、これは違う。握《にぎ》りこぶし程度の大きさの鋼片を、何十個も集めてつなぎ合わせて、まるで無理やり組み上げた組木細工のように、剣の形を作っている。

『これが我が望みだ、勇《ブレイブ》ましき者にして、老《セニオル》いた賢人たる者よ。悲しき道を、寂《さび》しき道を、胸を張って歩む者よ』

声が。

残響《ざんきょう》のように遠く消えかけた囁《ささや》きが、どこかから届いた。

「カイヤ!?　……お前、まだ……」

まだここにいたのか、という言葉は最後まで口にできなかった。老人は気づいていた。

あの願いの精霊《せいれい》はもう、どこにもいない。

この声は、ただの伝言だ。

既《すで》に決まった過去からの、残響だ。

『其方《そなた》が旅の道連れを望んだならば、我は、その先を望もう』

「……カイ、ヤ……」

老人の目が、刀身の根に近いところを捉《とら》えた。そこには、淡《あわ》い色合いの石片が——藍晶石《カイヤナイト》の欠片《かけら》が埋《う》め込まれている。

見覚えがある。剣を形作る金属片にも。この藍晶石《カイヤナイト》の蒼色《あおいろ》にも。

『其方を想《おも》う四十一の祈《いの》りとともに、そして其方自身の一つの願いとともに、これからの旅を共に歩むことを願おう』

「……お前……お前、なぁ……」

別れには、慣れていた。

孤独にも、慣れていた。

けれど、結局これは、別れではないのだ。これからの自分は、孤独でもないのだ。だから、老人の視界が歪《ゆが》んだのは、そのどちらとも違う理由によるもの。

熱いものが、老人の痩《や》せた目尻《めじり》からこぼれ落ちる。

『守りたいと願ったものを守れず。帰りたいと願った場所へ帰れず。願いを持つ心が涸《か》れて、なお前へ進む者よ。世界で最も不幸だと囁かれながら、自らの幸せを見出し胸に抱く者よ。これからの戦いを、我等全員が支えよう。そう――』

（……ああ）

藍晶石《カイヤナイト》が色を失い、透明《とうめい》な水晶《すいしょう》片へと変わってゆく。

願いの力が、役目を果たして消えてゆく。

神片精霊カイヤナイトは、もういない。願望を現実に重ねるその力を、自身に対して行使した。自分自身のこれからの在り方を、自分の意志で定め、選び取った。

『この〝セニオルの剣《セニオルズ・ソード》〟は、そのために生まれたのだから――』

「――ったく、よぉ」

目元を覆《おお》い、老人は薄《うす》く笑う。

「俺なんざにもったいねぇくらい、良い相棒だよなぁ……」

立ち上がる。

遠く、竜の咆哮《ほうこう》が聞こえた。怒っている。そして、苛立《いらだ》っている。

「おっと。お客さんが焦《じ》れてやがる」

洞窟から一歩でも出れば、赤銅竜に気づかれる。そこから先は、完全な死地。生きては帰れない戦いの地。そのはずだった。

「はいはい、今行きますよっと」

散歩にでも行くような足取りで、老人は歩き出す。

洞窟から踏《ふ》み出す。強大な敵意が、標的を見つけて殺意に変わる。風が止《や》み、それとは違う理由で木々が震《ふる》え出す。

朝日が眩《まぶ》しい。老人は目を細める。

手の中の〝剣〟を軽く振るう。ふぉん、と空を切るかすかな音。

「そんじゃまあ。さっそく、力を借りるぜ、相棒！」

†

それからの彼らの旅路を、史書は語らない。

ただ、現代に今も残される一振りの剣が――今はセニオリスと呼ばれるその剣が、彼らが確かにそこにいたのだという証《あかし》として、今も残されているだけである。

『壊れた懐中時計』
- indeterminate future -

ぐるぐるぐるぐると布で巻かれたゼルメルフィオルは、剣というよりも、ほとんど新種の繭《まゆ》のようにしか見えない姿を晒《さら》していた。

「ここまでやる必要もないだろうに。無理に起動しようとしなきゃ、剣に喰《く》われることもないはずだけど」

宿の個室。

無精髭《ぶしょうひげ》の準勇者《クアシ・ブレイブ》、ナヴルテリがぼやくように、独りそう漏《も》らす。

自分が責任をもって讃光《さんこう》教会に持ち帰る、封印《ふういん》の中に戻《もど》す——そうナヴルテリが主張し受け取ってきたものだ。アステリッド工房《こうぼう》の責任者は抗《あらが》わなかったし、正規勇者《リーガル・ブレイブ》もまた「自分はまだしばらく教会に戻れそうにないから」と任せてくれた。

「——人間を過去の勇者《ブレイブ》に作り変える技術。いや、目的は人間を違《ちが》う存在に作り変える手段のほうか。それが、君が目指した救いの道だったんだな、ヨーズア・アステリッド」

独り言。

誰《だれ》もいない部屋の中、それでもそこにいない誰かに投げかけるような言葉。

雲が出てきたのだろうか、窓の向こうの太陽が翳《かげ》る。

「その道を選んだ罪は赦《ゆる》されない。君もそんなものは求めてはいないだろう。だが、君にそこまでさせた絶望の深さは認めよう。道は違えど、僕たちは結局同じものだ。絶望を知り、絶望に囚《とら》われ、絶望に向かって虚《うつ》ろな聖歌を捧《ささ》げている――」

ナヴルテリは静かに目を閉じる。

自らが音を出すことを止めれば、世界に溢れる音がより強く耳に届く。窓の向こう、おそらくは大学が近いのだろう。若い学生たちが何やら盛り上がりながら往来しているのが聞こえる。課題の理不尽《りふじん》さ、新しく出てきた論文の難解さ、アステリッド工房から発表された新しい護符《タリスマン》がよさそうということ、教授の頭髪《とうはつ》の減り方について。

未来そのものの話であったり、未来へつながる現在の話であったり、未来を知るための過去の話であったり。つまり総じて言えば、それらはすべて、未来の話だ。

未来はまだ、どこにもないもの。だからこそ、どうとでも語れるもの。

定められた未来を、絶望を知らない者だけが、そうやって空想に遊ぶことができる。

「――いつか灰色の砂原でまた会おう、同志よ」

そう、ここにいない男にひとことだけを捧げて。

それきり、言葉を断《た》つ。

†

エマ・コルナレスは、あれからずっと、眠《ねむ》り続けている。

とはいえ、体のほうには特に異状が出ていない。医者の見立ては「精神的なショックだろう」「そのうち目を覚ますはずだから心配はいらない」だった。

無理もない、というのが関係者の共通した感想だった。

海辺で平和に生きていた一般《いっぱん》市民にとって、今回の体験はこの上なく重いものだったはずだ。無理をせず、ゆっくりと心を休めるべきだ、と——その声に対して、誰一人、反対する者はいなかった。

†

さて、アデライード・アステリッドの話になる。

怪我と衰弱《すいじゃく》、さらには家族を失ったショックなどで、完全に元気を失った。病室に叩《たた》き込まれ、白いシーツの上で天井《てんじょう》を眺《なが》める日々である。

もちろん、セニオリスの浄化《じょうか》は中断したままだ。

そうなると、リーリァはバゼルフィドルを離《はな》れるわけにいかなくなる。本来想定していたよりも長い逗留《とうりゅう》になりそうだと、シリルは重く息を吐《つ》いていた。

「義父《パパ》さんは完璧《かんぺき》な悪人だったけど、叔父《おじ》さんはそうでもなかったんだ。基本は善人。気が弱くて、人が好《よ》くて。だからアステリッドの汚れ役として役割を求められたら、なんかんだで果たせちゃって。そんな人だったから、きっと……」

細い声でそこまで語ったところで、力なく首を振《ふ》って、

「ところで、弟が欲しいんだけど？」

「どういう話題転換《てんかん》だ」

見舞《みま》い客、リーリァはうめいた。

「シリアスな身の上語りだと思ったから、空気読んで静かに聞いてたのに。あんたの頭ん中でどうつながってんだそのふたつ」

「うん、自分で言うのもなんだけどあんまり脈絡《みゃくらく》ない。でもまったくの無関係ってわけじゃないんだよと一応言い訳もしておく」

「だから意味わかんないってぇの！」

病室で大声を張り上げるわけにもいかない。そんな常識に押さえ込まれ、小声で叫《さけ》ぶ。

「弟っていうか、弟子《でし》っていうか。ヴィレム君。助けられたお礼ってわけじゃないけど、彼に教えたいことがあって」

そうだろう、ああそうだろう、あいつの話なんだろう。わかってた。

あれは、才能のない男だ。自分自身の発想や研究で技術の地平を拓《ひら》くことができないやつだ。それにも拘《かか》わらず、前に進むことをやめられないやつだ。そのために、前を進む者たちの背中を、どこまでもまっすぐに追い続けてくるやつだ。

その姿は、傍《はた》から見ればとにかく危なっかしいのだ。

何らかの技術を身に付け、それに依《よ》って生きている人々は、彼を見るとすぐに何かひとこと言ってやりたくなるのだ。

「……技術屋のあんたが、準勇者様《クアシ・ブレイブ》に何を教えるってのさ」

「聖剣《カリヨン》の調整技術、の、普通《ふつう》の技術屋にはできない応用編」

「何それ」

「帝都《ていと》の工房で基礎《きそ》を教わったたって言ってたけど、工房の外で調整するみたいな裏技《うらわざ》にはまだ行きついてないみたいだから。最終的には本人の根気と集中力次第《しだい》だけど、そこに行きつくまでなら、わたしにも入れ知恵《ぢえ》くらいはできるかなって」

「何それ」

「いやだから、聖剣《カリヨン》を自分で――」

「じゃなくて。なんでそんなこと教えようとするわけ。それって企業《きぎょう》秘密レベルの何かだよね、会ったばっか同然の相手になんで託《たく》そうとするわけ」

「――自分が失敗したばっかりだから、かなあ」

またわけのわからないことを、なぜか遠い目で言う。

「わたしの隣《となり》から、叔父《おじ》さんはいなくなっちゃったから。彼には、ちゃんと、誰かさんの隣にいてほしいなとか。そのための理由と手段くらいは持っててほしいなとか。そういうおせっかいをしたい気分」

「あんたね」

「だからそんな心配しなくても、愛《いと》しい兄弟子くんを取っちゃったりはしないから、ね」

「あんたね⁉」

今度は大声が出てしまった。病室だということを思い出し、慌《あわ》てて口をふさぐ。

あははは、とアデライードが楽しそうに笑う。

傷に響《ひび》くのだろう、脂汗《あぶらあせ》をにじませながら、それでもやめようとしなかった。


その病室からは少し離《はな》れた宿の一室。

置きっぱなしの荷物の山の片隅《かたすみ》で。

小さく開いた窓から吹《ふ》き込む風に煽《あお》られたか――黒い髪《かみ》の少年を模した人形が、まるで何かに呆《あき》れたかのように、かくんと首を曲げた。

あとがき

終わりかけた世界。自分の物語を終えたはずの青年元勇者。そして、終わりに抗《あらが》うために自ら終わろうとしている少女たち。

未来という言葉がもはや空虚《くうきょ》にしか響《ひび》かないはずのその場所で、人々はそれでも今日《きょう》を一生懸命《いっしょうけんめい》に生きて、明日《あす》に向かって精一杯《せいいっぱい》手を伸《の》ばす――

そんな感じにしっとりお送りしていたような気がする『終末なにしてますか？　忙《いそが》しいですか？　救ってもらっていいですか？』シリーズ全五巻と外伝一巻、および『終末なにしてますか？　もう一度だけ、会えますか？』シリーズ現在七巻以下続刊、角川スニーカー文庫さんより好評発売中です！

――今回はタイトルに「異伝」とくっついているので、元の作品をまるで知らないまま手にとられている方はほとんどいないと思われますが、いちおう念のための全力コマーシャルから入りまして。

いろいろお待たせしました、枯野《かれの》瑛《あきら》です。前述シリーズを進めていく中で、たくさんのリクエストを頂いていた（自分でもいつか書いておきたいと思っていた）、リーリァ・アスプレイにスポットを当てたエピソードをお送りします。

戦闘《せんとう》では苦労することがないレベルでめちゃくちゃ強い主人公が、大活躍《かつやく》したりしなかったりするお話です。うそはついていない。


いちおうリーリァは、既《すで》に一度、EXでライトを浴びています。ですが、あれはあくまで外伝としての物語。本編のエピソードありきのお話でした。

今回のものはそれと少し趣《おもむき》を変えまして、EXよりも少し前の時代……十三歳の彼女の物語を、本編からは独立した一連のエピソードとして追っています。なので『外伝』ではなく「異伝」を冠《かん》し、かつ、ここまで2シリーズ通して使ってきた「終末なにしてますか～すか？」という形式も踏襲《とうしゅう》しませんでした。

今回の話のあと、眠《ねむ》るあの子はどうなったのかとか。どういう経緯《けいい》であの「勇者様御《ご》一行」が揃《そろ》うことになったのかとか。星神《ヴィジトルス》との戦いの後のリーリァがどうなったのかとか。本編では語られていなかったそのあたりのエピソードまで、いつか追っていけたらいいなと思います。

……はい。そういう予定があるわけではなく、いいなと思ってるだけです。

あんまりこっちにかまけて本編を止めるわけにもいかないので、その辺りの予定は今のところ未定です。全部私の筆の遅《おそ》さが悪いんです。ごめんなさい。

そういうわけですから、次は、『もう一度だけ、会えますか？』の八巻の予定です。そんなにお待たせせずにお届けできるといいな、と星に願いながら作業中です。きっと大《だい》丈夫《じょうぶ》。きっと大丈夫。

それではまた、懐《なつ》かしいあの空の下でお会いしましょう。

二〇一九年　春　　　　　枯野瑛

（あ、ＥＸの時のあとがきでちょっと触《ふ》れた「擬人化《ぎじんか》セニオリスちゃんが酒飲んで愚痴《ぐち》るだけのコーナー」は、今回もめでたく没《ボツ》になりました。今回の話がアレだったので、容赦《ようしゃ》なく長くなりそうでしたしね！　しょうがないですよね！）

終末《しゅうまつ》なにしてますか？異伝《いでん》
リーリァ・アスプレイ

著　枯野《かれの》 瑛《あきら》

角川スニーカー文庫　21650

2019年6月1日　初版発行
2025年4月5日　4版発行

発行者　山下直久

発　行　株式会社KADOKAWA
〒102-8177 東京都千代田区富士見2-13-3
電話　0570-002-301（ナビダイヤル）

印刷所　株式会社KADOKAWA
製本所　株式会社KADOKAWA

◆◇◇

Printed in Japan　ISBN 978-4-04-108256-0　C0193

★ご意見、ご感想をお送りください★

〒102-8177 東京都千代田区富士見 2-13-3
株式会社KADOKAWA　角川スニーカー文庫編集部気付
「枯野 瑛」先生
「ue」先生

角川文庫発刊に際して

角　川　源　義

第二次世界大戦の敗北は、軍事力の敗北であった以上に、私たちの若い文化力の敗退であった。私たちの文化が戦争に対して如何に無力であり、単なるあだ花に過ぎなかったかを、私たちは身を以て体験し痛感した。西洋近代文化の摂取にとって、明治以後八十年の歳月は決して短かすぎたとは言えない。にもかかわらず、近代文化の伝統を確立し、自由な批判と柔軟な良識に富む文化層として自らを形成することに私たちは失敗して来た。そしてこれは、各層への文化の普及滲透を任務とする出版人の責任でもあった。

一九四五年以来、私たちは再び振出しに戻り、第一歩から踏み出すことを余儀なくされた。これは大きな不幸ではあるが、反面、これまでの混沌・未熟・歪曲の中にあった我が国の文化に秩序と確たる基礎を齎らすためには絶好の機会でもある。角川書店は、このような祖国の文化的危機にあたり、微力をも顧みず再建の礎石たるべき抱負と決意とをもって出発したが、ここに創立以来の念願を果すべく角川文庫を発刊する。これまで刊行されたあらゆる全集叢書文庫類の長所と短所とを検討し、古今東西の不朽の典籍を、良心的編集のもとに、廉価に、そして書架にふさわしい美本として、多くのひとびとに提供しようとする。しかし私たちは徒らに百科全書的な知識のジレッタントを作ることを目的とせず、あくまで祖国の文化に秩序と再建への道を示し、この文庫を角川書店の栄ある事業として、今後永久に継続発展せしめ、学芸と教養との殿堂として大成せんことを期したい。多くの読書子の愛情ある忠言と支持とによって、この希望と抱負とを完遂せしめられんことを願う。

一九四九年五月三日

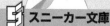

終末なにしてますか？
もう一度だけ、会えますか？
Akira Kareno
枯野 瑛
Illustration ue
「終末なにしてますか？ 忙しいですか？
救ってもらっていいですか？」に続く、
次代の黄金妖精《レプラカーン》たちによる新章開幕！
〈人間〉は規格外の〈獣〉に蹂躙され滅びた。〈獣〉を倒しうるのは、〈聖剣《カリヨン》〉を振るう黄金妖精《レプラカーン》のみ。戦いののち、〈聖剣〉は引き継がれるが、力を使い果たした妖精たちは死んでゆく。「誰が恋愛脳こじらせた自己犠牲大好きよ!」「君らだ君ら!　自覚ないのかよ自覚は!」廃劇場の上で出会った、先輩に憧れ死を望む黄金妖精と、嘘つき堕鬼種《インプ》の青年位官の、葛藤の上に成り立つ儚い日常。
シリーズ
絶賛
発売中!
スニーカー文庫